KB020090

# 다시 사는 재벌가 망나니 16

2022년 3월 18일 초판 1쇄 인쇄
2022년 3월 23일 초판 1쇄 발행

**지은이** 맹물사탕
**발행인** 김정수 강준규

**기획** 이기헌 왕소현 박경무 강민구
**책임편집** 김홍식
**마케팅지원** 배진경 임혜솔 송지유 이영선

**발행처** (주)로크미디어
**출판등록** 2003년 3월 24일
**주소** 서울시 마포구 성암로 330 DMC첨단산업센터 318호
**Tel** (02)3273-5135 **편집** (070)7860-2726 **Fax** (02)3273-5134
**홈페이지** rokmedia.com **E-mail** rokmedia@empas.com

ⓒ 맹물사탕, 2021

값 8,000원

ISBN 979-11-354-7388-3 (16권)
ISBN 979-11-354-9456-7 04810 (세트)

# 다시 사는 재벌가 망나니

맹물사탕 현대 판타지 장편소설

⟨16⟩

ROK
MEDIA

로크미디어

# Contents

# 1장

외적인 이야기가 얼추 마무리되니, 김민혁은 잠시 샛길로
빠졌던 이야기를 본론으로 돌렸다.

"아참, 그러면 게임 잡지 쪽에 번들 CD를 제공하는 건은
어떻게 할까?"

말과는 달리 김민혁은 입 밖에 내지 않은 따로 생각한 주
제가 있는 모양이지만, 나는 그 말 속에서 게임 잡지에 제공
할 번들 게임 건이 아직 마무리되지 않았음을 자각하곤 담담
하게 대꾸했다.

"뭐…… 게임 소프트웨어 할인권 정도는 해 줘도 괜찮을
거 같네요."

"할인권이라…… 사은품으론 나쁘지 않네."

"그렇죠? 아니면 출시한 지 몇 년 지난 게임 쪽으로 이야기를 진행해 봐도 좋고요. 콘솔 게임 이식작 중에 찾아보면 몇 개 있을 거 같긴 하거든요."

김민혁은 어깨를 으쓱였다.

"하지만 내 생각으로는 왠지 그럴 바에는 우리 회사 거 말고 다른 유통사 게임을 쓰지 않을까 싶다. 명색이 창간 특집이고 붐이니까, 그쪽도 신규 구독자를 끌어들이려면 먹음직스러운 미끼가 필요하지 않겠냐?"

그거야 어쩔 수 없지. 다른 회사가 어떻게 경영을 하건 그 부분은 우리가 관여할 수 있는 부분이 아니므로.

"일단 제안은 해 보세요. 평안 감사도 저 싫으면 그만이죠, 뭐. 그래도 번들로 출시된 지 얼마 되지 않은 완전판 게임을 제공하는 건 방침상 보류하는 쪽으로 하겠습니다."

"그래. 굳이 내겠다면 몇 년 지난 게임 중에서 고를 수 있게끔 해 볼게. 목록은 인영이나 형석 선배한테 물어봐도 될 테고."

그렇게 이어진 소소한 업무 이야기가 얼추 마무리되고, 둘 앞에 놓인 찻잔이 비어 갈 즈음이 되자, 김민혁은 조금 사무적인 어조로 물었다.

"그런데 너 혹시, 내 후임은 생각해 둔 사람 있냐?"

"형 후임이요?"

그게 본론이었군. 나는 쓴웃음을 지었다.

"형의 퇴사 이야기도 방금 흘러나온 이야기인데요. 지금부터 차차 생각해 봐야죠."

"흠, 그것도 그러네."

나는 잔에 담긴 녹차를 마저 비웠다.

그간 김민혁은 나를 대신해서 회사의 얼굴마담 노릇을 톡톡히 해 오고 있었지만, 사실 말이야 바른 말이지 그 역시도 상대로부터 '대표가 이렇게 어린가?' 하는 시선을 받곤 했다.

'그도 그럴 게, 주위에서 보기엔 김민혁 역시 아직 군대도 안 다녀온 풋내기에 불과하니까.'

오히려 김민혁은 그런 자신의 사회적 입장과 위치를 역으로 활용해 그에 맞춰 자리를 풀어 가곤 했으므로, 이는 인간관계를 맺는 일에 자질이 있는 김민혁이 아니면 할 수 없는 일이기도 했다.

'그런 김민혁의 공석을 메워 줄 후임이라.'

당장 머릿속에 떠오르는 인재는 많았지만, 대부분이 아직 어리거나 시기상조였다.

일단 내가 역량으로는 김민혁에 뒤지지 않을 정도로 만만치 않다고 평가하는 이진영만 하더라도 대학생은커녕 아직 고등학생에 불과했고…….

'게다가 이진영 그놈은 무슨 꿍꿍이인지 알 수 없는 녀석인지 모를 놈이니 그 뒤로도 논외. 어차피 지금 하고 있는 시저스 2호점 공동사장 노릇도 놀이 삼아 한단 느낌이고, 성인

이 되어서는 제 아버지인 이태환 밑으로 갈 놈이지.'

마동철은 SJ엔터테인먼트만 맡아도 벅차 보였다.

'물 들어올 때 노 저어야지. 마동철도 지금 슬슬 소속 연예인을 늘리려고 여기저기 찔러보는 중이랬으니, 앞으로는 더 바빠질 거야.'

구봉팔?

아니, 지금 구봉팔은 당장 닥친 조광 일만 하더라도 버거우니 지금으로선 다른 일에 쏟을 여력이 없다.

'지금 설계해 둔 일이 계획대로 흘러간다면, 더더욱 그럴 것이고.'

더욱이 그가 가진 능력은 김민혁을 대신해 얼굴마담으로 세울 성격이 아니다.

남경민?

그도 전생에는 무선사업부의 상무직을 맡을 정도였으니 임원으로서 자질은 있지만, 그는 전생에도 이른바 실무형 임원이었지 그 능력이 김민혁처럼 인사며 외교 쪽에 있는 인물은 아니었다.

'게다가 지금은 삼광전자로 복귀했고. 기껏 발굴했더니 뺏어 가는 건 또 뭐람, 정말.'

다른 의미로 사교성이 떨어지는, 틱틱 하기 일쑤인 조인영도 당연히 논외.

제니퍼?

그녀는 S&S의 일로 바쁘다.

파리 파네가 정식으로 론칭하고 나면 잠잘 시간도 부족해질 것이다.

그뿐이랴, 그녀는 동시에 시저스 1호점과 3호점을 관리하는 것에도 소홀함이 없게끔 하고 있었으니, 오죽할까.

전예은……은 맡겨 두면 내가 아는 그 누구보다도 잘할 거 같긴 하지만, 연령상으로도 이제 중학교를 졸업했을 뿐인데다가 외모로만 보면 아예 내 또래로 보일 지경이니, 얼굴마담으론 당연히 논외.

마찬가지의 이유로 아직 초등학교도 졸업하지 못한 김민정이며 아예 코흘리개인 박강선, 이제야 좀 말문이 틔고 뛰어 다니기 시작한 이희진은 당연히 논외였다.

'안 그래도 사장이 초딩인데, 무슨 만화 속 꼬꼬마 동산 만들 일 있나.'

가족이라고 하니 잠시 잠깐 사모가 머릿속에 떠오르긴 했지만, IT 업계를 자처하는 SJ컴퍼니에서 컴맹인 사모가 얼굴마담이라니, 그거야말로 말도 안 되는 소리.

상상조차 되질 않는다.

'흠, 다만 사모의 동생이자 이성진의 이모인 서명화 정도면 괜찮은데…….'

그러고 보니 귀국도 머지않았고.

하지만 그녀가 순순히 얼굴마담 역할을 하려고 할까?

앞으로 여기저기서 디자인 관련 일이 밀려올 건데.

게다가 돈은 썩어 넘칠 만큼 있으니 그 사람도 돈으로 움직일 사람이 아니다.

친가로 눈을 돌리면, 재종인 이남진은 사실, 조건은 둘째 치고 냉정하게 말해 능력 면에서는 내 기준에 못 미친다.

'사람은 나쁘지 않은데……'

어쩌면, 전생에도 이태준이 이성진에게 순순히 장학재단을 넘긴 것도 그런 당신 아들의 역량과 한계를 꿰뚫어 보았기 때문은 아닐까.

'그나마도 곁에 윤선희가 붙어 있으니 장학재단 일도 잘 굴리는 중일 정도이니까.'

그 외 친가 쪽의 일가친척은…… 별로. 차라리 방금 후보에서 제외한 이남진을 쓰고 말지.

'……어렵네, 어려워.'

인재는 많은데, 내 뜻대로 움직여 줄 만큼 만만한 사람이 영보이질 않는다.

누구 한 사람이 없으면 돌아가지 않는 회사라면 곧 망할 징조라더니, 우리 회사가 딱 그 꼴이었다.

'너무 딱딱 맞아떨어지게만 해 뒀더니, 생각하지 못한 변수에서 막히고 마는군.'

정 사람이 없으면 '내실을 다진다'는 구실로 외부 활동을 줄이고 현상 유지를 하는 데 힘써도 되겠지만, 그건 그것대로 내키지 않는 일이었다.

IMF가 당장 내년이니까.

내 고민이 깊은 기색이자, 김민혁이 슬쩍 조심스레 물었다.

"네 조부님은 어때?"

……이휘철?

지금은 경영고문이라는 허울뿐인 감투만 쓰고 유유자적 지내는 데다가 가진 바 역량이며 사회적 위치로는 그 정도 인물이 국내에는 더 이상 없다고 할 정도지만.

그 사람은 안 된다. 무조건. 절대로.

'자칫하면 회사를 뺏길지도 몰라.'

가족을 믿지 못하는 사회가 오고 말았구나, 오호통제라.

하지만 그걸 김민혁 앞에서 밝힐 수는 없었으므로, 나는 간신히 미소를 지어 거절했다.

"그건 안 될 거 같아요. 솔직히 할아버지가 저희 회사의 고문직을 넘어 임원직까지 달면, 그룹 전체가 저희 회사를 주목하게 될걸요. 바라지 않는 특혜가 생기고 말지도 모르고요. 그건 결국 장기적으로 보면 그룹 전체의 손해로 이어질 거예요."

내 말을 듣고 잠시 생각하던 김민혁이 고개를 끄덕였다.

"그러냐…… 사실 나는 네 조부님이 맡아 주시면 될 거라고 생각해서 크게 신경 안 썼는데, 네 말을 듣고 보니 역학적으론 좀 그렇긴 하겠다. 너무 대단하신 분이라, 우리 회사나 너희 삼광 그룹의 부담이 클 거 같긴 하네."

"그럼요. 할아버지는 지금 위치가 딱 맞아요. 게다가 '공식 석상에서 은퇴'를 하신 분이니까, 그런 건 안 하려고 하실 거예요. 우리 회사의 고문 일을 하고 계시는 것도 남 앞에서 이런 말하긴 뭣하지만 소소한 취미 정도란 느낌이고요."

지금은 그렇게 둘러댈 수밖에.

김민혁이 머리를 긁적였다.

"아무튼 알았다. 그러면……."

김민혁은 누군가 생각난 사람이 있는지 입을 뗐다가, 고개를 저었다.

"아니, 아무것도 아니야. 그쪽은 나도 따로 생각해 볼게."

나는 그가 후보로 올렸다가 마다한 인물이 누구인지 조금 궁금했지만, 일단은 그냥 고개만 끄덕였다.

"네, 저도요."

나는 미소 띤 얼굴로 덧붙였다.

"형을 대신할 만한 사람이 그렇게 쉽게 나올 리는 없겠지만요."

그저 빈말만은 아니었다.

"엑, 하지 마, 징그러, 인마."

김민혁은 인상을 찌푸리면서도 막상 싫지는 않다는 듯 입꼬리를 올렸다.

"그래도 어쨌건 CHO에 앉아 있는 이상, 해야 할 일은 다 할 테니까 신경 쓰지 마. 물론 후임을 찾는 일도."

"고맙습니다."

공사에 엄격한 김민혁이다.

내버려 둬도 어련히 잘하겠지.

집으로 돌아오는 길의 조설훈은 얼핏 느껴지는 알싸한 취기에 기분이 좋았다.

'완벽하다고는 할 수 없지만 그나마 일이 잘 풀려 가는 중이군.'

물론 외적 사항은 조광에 좋지 않은 편이었다.

현재 조광은 검찰의 관계자 조사를 받는 중이었고, 회장인 조성광은 중환자실에 들어가 죽을 날만 기다리는 상태였다.

하지만 나쁘지 않다.

조광을 조사하는 검·경찰이 초반의 기세는 사라지고 허수아비가 됐다는 건 이제 와선 공공연한 이야기였고, 조성광의 죽음은 당신이 병석에 누운 지 오래인지라 이미 각오가 선 마당이었다.

오히려 조성광의 사후, 조설훈은 그 유산을 상속받고 난 뒤 조광의 2대 회장으로 취임해서 진정한 실세로 거듭날 준비를 해야 할 때였다.

다만, 검찰이 주목하고 있는 지금은 상속에 꼼수를 쓰기 어렵다는 점이 아쉽다고 할까.

박상대가 다른 사람도 아닌, 빚쟁이에 시달리던 도박 중독 택시 운전수에게 '우발적'으로 살해당한 것이 그에겐 호재로 작용했다.

만일 당초 계획대로 '영구 실종'으로 처리했다면, 일이 이렇게까지 잘 풀리지는 않았으리라.

'하늘이 나를 돕는군.'

전화위복까지는 아니지만 최악일 수 있었던 것들이 그나마 어떻게든 수습이 가능한 지경까지 왔다.

'그럼 이젠 박길태가 죽은 것만 어떻게 덮으면 될 텐데…… 누굴 넣을까.'

거기에는 물론 어느 정도 대가뿐만 아니라 적잖은 입막음 비가 들어가게 되겠지만, 자신의 아들이 감옥에 들어가는 것보다야 낫다.

조세광을 떠올렸더니, 조설훈은 방금 전까지 좋았던 기분이 차게 식는 걸 느꼈다.

'쯧, 누구 집 자식은 저보다 훨씬 어린 나이에 흑자 회사를 경영하고 있는데 말이야.'

보통은 그러지 않지만, 이번엔 비교를 안 하려야 안 할 수가 없었던 건, 오늘 이성진을 만났던 것에 더해서 조설훈이 느끼는 취기 때문일지도 모른다.

그게 아니면 이성진이 풍기는 묘한 아우라 때문일까.

몇 번 만나 보지도 않았지만, 이성진의 인상은 왠지 모르게 조설훈의 뇌리에 강렬하게 각인되어 있었다.

'……나중에 어른이 되면 볼만해지겠어.'

다행인 건, 그 녀석이 조세화와 사이가 좋다는 거였다.

조세화는 물론이지만 이성진도 딱히 조세화를 싫어하는 눈치는 아니었고, 어쩌면 불편할 수 있는 자리에 선뜻 나와 준 걸로 보아선 녀석 역시도 어느 정도 마음이 있는 걸지도 모른다.

''삼광이 사돈이 된다'라. 그것도 괜찮겠군.'

다시금 기분이 좋아지는 걸 느끼며 조설훈은 현관으로 들어섰다.

"오셨어요, 아빠."

귀가한 조설훈을 반기는 건 조세화였다.

조세화를 볼 때면 조설훈은 그러지 말아야 한다고 생각하면서도 괜스레 속이 거북스러워지곤 했다.

특히 그녀로부터 '아빠'라는 소리를 들을 때면 더더욱.

게다가 밖에서 사고만 치고 다니는 장남을 생각해 보면, 차라리 조세화가 친딸이었으면 어땠을까, 하고 생각할 지경이었다.

그럴 때면 더더욱 얼굴이 굳기 마련이었고.

"······그래. 네 어머니는?"

그런 속내를 감추고자 지금처럼 별 관심도 없는 일을 일부러 묻고는 했다.

조설훈은 그런 기분을 내색하지 않는다고 여기고 있었지만, 조세화는 이미 그녀 스스로 조설훈이 자신을 그렇게 좋아하지 않는다고 생각해 왔다.

"외출하셨어요. 저, 동창 모임이 있다고 하셔서······."

그 사람에겐 애당초 기대도 하지 않았다.

서로가 그럴 것이다.

그렇다고 아버지가 위중하신데 저렇게까지 나오는 걸 보면, 애당초 그녀에게 아버지를 향한 애정이나 있었을지 의문이다.

"······그러냐. 네 오빠는?"

"방금 전에 나갔어요."

"······."

그건, 조세광 그놈도 마찬가지였고.

조설훈은 인상을 찌푸리며 조세화를 스쳐 지나갔다.

'······집구석 하곤.'

관심은 없지만, 그래도 최소한 '가정'이라는 울타리가 지켜야 할 기본은 해야 하지 않는가, 싶었다.

그때 평소와는 달리 조세화가 조설훈을 불러 세웠다.

"저, 아빠."

"음?"

돌아보니, 표정이 좋질 않았다.

평소에도 자신 앞에선 주눅 든 모습을 보이곤 했지만, 오늘은 그게 조금 다른 느낌이었다.

조설훈은 그걸 오늘 아버지가 중환자실에 입원한 것 때문으로 여기며 말을 받았다.

"……뭐냐?"

"……그게…… 저……."

조세화는 망설이는 기색으로 손가락을 꼼지락거리더니, 마침내 무언가 결심한 듯 입을 떼려는 순간.

우웅.

품속에서 핸드폰 진동이 울렸다.

그 외적 개입만으로도 조세화의 결심은 바람 빠진 풍선처럼 쉬이 빠져나간 듯했고, 조세화는 고개를 꾸벅 숙여 인사한 뒤 자리를 피했다.

'……내게 아버지로서 모습을 기대하는 건가.'

조설훈은 묘한 죄책감을 떨치며 방으로 들어가 전화를 받았다.

"여보세요."

―조설훈 씨? 김보성 검사입니다.

김보성 검사?

아, 그래. 이번에 신설했다는 광수대인지 뭔지 하는 곳의 검사인 모양이군.

조설훈은 피식 웃으며 겉옷을 벗었다.

"말씀하시죠. 무슨 일입니까?"

댁도 고생하는구나, 싶었다.

이제 와서 자신을 떠보려 해 봐야, 먼지조차 나오지 않을 텐데 말이다.

조설훈은 벗었던 외투를 다시 걸치고는 다시 집을 나섰다.

조세화는 그새 방으로 돌아갔는지 보이질 않았고, 넓은 집의 현관 앞 복도는 텅 비어 고요했다.

조설훈은 그 적막만이 감도는 공간을 빠르게 나왔다.

차고에서 승용차의 먼지를 털고 있던 운전수가 조설훈을 보며 즉각 척추를 세웠다.

"외출하십니까, 사장님."

"음."

조설훈은 짧게 고개를 끄덕이곤 운전수가 열어 준 뒷좌석에 올라타 푹신한 시트에 등을 기댔다.

김보성은 방금 전 전화를 통해 조설훈에게 '개인적으로' 어디서 따로 만나자는 이야기를 했고, 딱히 마다할 까닭이 없었던 조설훈은 김보성의 제안에 응했다.

갑작스러운 호출에도 불구하고 그 제안을 받아들인 건, 그가 지금 느끼고 있는 약간의 승리감과 더불어 어느 정도의 취기, 그리고―스스로는 인정하고 싶지 않겠지만―이 집구석에 있는 것 자체에 염증을 느꼈기 때문이었다.

게다가 한 번쯤은 이 김보성 검사라는 인물을 만나 보고 싶다는 조설훈의 개인적인 호기심도 한몫했다.

수사 초반에는 그로부터 적잖은 압박감을 느꼈던 것도 사실이었다.

김보성이 지휘하던 광수대는 그가 부하들을 시켜 백방으로 수소문한 양춘자를 확보했을 뿐만 아니라, 박상대의 친자로 '추정'되는 박강선까지 숨겨 두고 있었다.

당시 조설훈이 한시바삐 박상대를 처리하려고 한 건 광수대의 예상치 못한 뛰어난 수사 능력 때문인 것도 있었다.

그와 동시에 강물을 향해 던져 버려 두 번 다시 세상에 나올 리 없다고 생각한 '반지'까지 어디선가 툭 튀어나오더니 그 구매자가 예전의 박상대라는 사실까지 밝혀냈다.

그놈의 이니셜.

여론까지 등에 업은 광수대는 박상대를 달아날 곳이 없도록 몰아넣었고, 이리저리 소환 조사를 피해 몸을 숨긴 박상대를 향한 구속영장 발부도 코앞이었다.

거기서 만일 박상대가 체포되었다면 거기서 끝이었겠지만, 최종적으로 하늘은 자신의 편이었다.

'박상대가 그렇게 허무하게 죽어 버릴 줄 누가 알았겠어.'

박상대의 사후 벌어진 일련의 흐름은 조설훈에게 유리한 방향으로 흘러갔다.

한번 돌아섰던 여론은 박상대가 죽을 때까지 방치한 채 늑장 대응을 한(오히려 움직임이 빨랐을 뿐만 아니라 그조차도 절차상의 문제에 불과했지만) 광수대를 향해서 비난의 화살을 날렸고, 경찰청장까지 나서서 자신만만하게 출범한 광수대는 이제 그 존재 의의마저 위협받기에 이르렀다.

조직 해체의 위기 속에서 사람들의 관심에서 벗어난 박길태 피살 건도 흐지부지되어 갔고, 해당 사건 역시 '목격자에 의해 진범이 명확한 상태'에서 용의자의 사망으로 인한 기소 중지를 눈앞에 두고 있었다.

그래서 조설훈은 지금 김보성과의 사적인 만남을 그의 백기 선언으로 생각하는 중이었다.

'잘만 하면 무언가 거래를 할 수 있을지도 모르고.'

더욱이 사업가와 개인적인 면담을 요청하는 공무원이 바라는 것이라면, 무엇을 원할지는 뻔하지 않겠는가.

하물며 김보성은 지금 언제 해산할지 모를 광수대에 붙어앉아 해체 직전의 조직을 보며 한창 조바심이 날 것이었다.

검찰 내부에서도 발을 빼려는 이 상황에 지방으로 좌천되는 것은 물론이거니와 앞으로의 출셋길이 막힌 것에 더해 평생의 치욕으로 남으리라.

마지막 콩고물이라도 챙기려면 그나마 막바지에 이른 지금이야말로 적기였다.

'제법 젊다고 들었는데, 세상 돌아가는 원칙을 조금 아는

친구로군.'

차창으로 바라본, 여름이 성큼 다가온 서울 야경은 그야말로 불야성이었다.

대한민국이 누리게 된 이 황금기, 언제까지고 쭉 지속될 것만 같은 이 번영을 보면서 조설훈은 앞으로 있을 일을 생각했다.

요즘은 동생인 조지훈과도 관계가 원만했다.

'아니, 정확히는 내게 캥기는 게 있는 상황이니 놈도 고분고분한 것에 불과하지만.'

그건 녀석이 아버지의 병실에 설치했던 예의 도청기를 들킨 것 때문이라고, 조설훈은 생각했다.

그것만큼은 전화위복이었다.

만일 도청기의 존재가 드러나지 않았다면 언제고 약점이 잡혀 그건 발바닥의 가시처럼 껄끄러운 것으로 남았으리라.

그 외에도 놈이 무언가 꿍꿍이가 있단 생각은 하고 있었지만, 제까짓 게 설쳐 봐야 거기서 거기일 것이다.

'일이 정리되고 나면, 그 뒤에는……'

조설훈도 표면상으로는 동생과 어울려 주고 있었지만, 한 번 있었던 일이 두 번은 없으리란 보장도 없다.

지금은 아니지만, 언젠가 다시금 그 시커먼 야욕을 드러낼 때가 올 것이다.

'다만……'

한 가지, 마음에 걸리는 건 구봉팔이란 놈이었다.

'아버지도 참 어디서 들개 같은 녀석을 주워 와서…….'

기묘한 놈이었다.

사생활 쪽만 파더라도 그는 그 나이가 되도록 아직 독신일 뿐만 아니라, 계집을 후리고 다닌다는 소문도 들리지 않았다.

이렇다 할 취미가 있는 것처럼 보이지도 않았고, 그는 깡패라기보다는 차라리 수도승에 가까울 만큼 사생활이 깨끗했다.

욕망이 존재하지 않는 인간은 없다. 그러니 그 욕망을 보이지 않는 인간은 그 안에 남에게 말 못 할 비밀이 있기 마련이라는 게 조설훈의 지론이었다.

그러다 보니 자연스럽게, 조설훈은 아버지가 주워 온 구봉팔을 신뢰하지 않았고, 그는 조직의 대대적인 개편과 조성광의 입원 이후 붕 뜬 존재가 되고 말았다.

'그러고 보니, 한동안 세광이 그 녀석이 데리고 다녔다고 했던가.'

구봉팔은 조광이 영향력을 발휘하는 정화물산이라는 곳에 감시차 투입되어 있었는데, 딱히 눈여겨볼 만한 곳이 아니어서 '개인 사업을 하고 싶다'는 조세광에게 맡겨 두던 곳이었다.

그 소문 무성하던 이성진이란 놈의 활약상이 조세광의 귀에도 들어갔던 모양일까.

그 뒤, 언젠가 골프장을 빌린 조세광은 이성진과 우정을 쌓기 시작하더니 '스크린 골프'라는 것에 투자를 하고 싶다며 조설훈을 찾아오기도 했다.

조설훈은 아들이 내놓은 이 사업의 비전이 제법 그럴듯했고, 동시에 뭔가 해 보려는 그 태도에 기특함을 느껴 선뜻 투자용 거금을 내어주었다.

하지만 지금 와서 생각해 보니…… 그 사업적 얼개의 형식미는 조세화를 통해 가져온 예의 사업 계획서와 어딘지 닮아 있었다.

왠지 녀석답지 않다고 생각했었는데, 실제로는 거기에 이성진과 모종의 거래가 있었던 것은 아니었을까.

'그 시기와 맞춰, 구봉팔을 앉혀 뒀던 새마음아동복지재단의 후원은 SJ컴퍼니 쪽으로 갔고.'

이성진은 새마음아동복지재단의 후원만 맡았을 뿐 그 운영에는 손을 대지 않았으나, 하필이면 박길태가 죽은 장소가 구봉팔이 경영하는 요한의 집 확장 시설이었단 점은 어딘지 공교로웠다.

'……설마, 이 모든 일이 그 꼬맹이 손바닥 위의 일이었다는 것은 아니겠지.'

그럴 리가.

이번 일에는 우발적인 요소도, 우연히 일어난 것들도, 잘 굴러가는 듯 보이다가 나가떨어진 일도 태반이었다.

설령 누군가가 이 일을 획책했다고 치더라도 그런 우연적인 요소들까지 계획하에 놓았을 리는 없고, 만일 그렇다고 하면 그 존재는 인지를 초월한 무언가일 것이다.

'무슨 공상인지.'

취기 탓이리라.

조설훈은 뒷좌석에 놓인 미네랄 워터를 마시며 정신을 차렸다.

제아무리 끝장을 보는 중이라 하더라도, 지금부터 만날 상대는 대한민국 엘리트 중의 엘리트라는 검사였다.

'어디, 무슨 이야기를 해 올는지 두고 보지.'

허상윤의 부탁을 받고 찾아간 시저스 2호점은 줄을 선 손님이 보일 정도로 활황이었다.

정산서를 살펴보진 않았지만, 아마 이 시저스 2호점이 본점보다 매출이 높을 것이다.

일단 위치상으로도 외곽이라고는 하나 분당보다는 강남이라는 점이 한몫했고, 거기에 접근성을 높일 전용 주차장을 완비한 데다가 매장 홀의 좌석 수도 본점보다 많았다.

그 뿐이랴, 2호점이 내세우고 있는 메뉴도 어딘지 모르게 폼을 잡아야 할 것 같은 이탈리아어로 가득한 본점의 그것보단 '피자'라는 점이 단순 명쾌했다.

그 덕분에 시저스 2호점은 가족 단위 방문객들뿐만 아니라 연인 등이 찾기도 좋아서 강남의 명물 아닌 명물로 거듭나는 중이었다.

뷔페 중심인 본점에 비해 명확한 대표 메뉴가 정해져 있다 보니 본점보다 테이블 회전율도 높았고.

'나중에 웰빙 열풍이 불기 시작하면 본점은 본점대로 동일한 컨셉을 계승한 프랜차이즈를 내 볼 수도 있겠지만…… 지금은 시대를 다소 앞서간 것치고는 괜찮은 편이지.'

그런 상황 속에서도 허상윤은 현실에 안주하지 않고 총괄 셰프인 오성환과 머리를 맞대 가며 새로운 메뉴 개발에 거듭 매진했다.

2호점의 단골손님 중에는 매달 나오는 기간 한정 특별 메뉴를 맛보기 위해 오는 사람도 있다고 할 정도니, 그 전략도 주효하달 수 있겠다.

하지만 식당이 아무리 잘나가 봐야 벌어들이는 돈에는 한계가 있기 마련이었다.

'그것도 배부른 고민이긴 한데…… 마진율이며 가게 유지비, 인건비, 시간당 테이블 수 등등을 고려하면 결국 팔아 봐야 남는 것도 별로 없단 말이지.'

좀 더 나중에는 해당 브랜드의 상표를 내건 냉장 유통 식품도 생각할 수 있겠지만, 그건 아직 시대도, 그럴 만한 인지도도 없는 상황이니 좀 더 장기적으로 내다볼 일이었다.

그런 의미에서 프랜차이즈화가 용이한 치킨에 주목한 허상윤의 선구안은 나로 하여금 전생의 그를 생각나게 했다.

밥장사만으로 소위 재벌 소리 듣는 거금을 벌려면 결국 브랜드의 프랜차이즈화가 답이었다.

직·가맹점을 통한 로열티는 식당 사업의 캐시 카우이자 모든 식당 주인의 꿈이었고, 거기에 본사에서 시행하는 인테리어 비용까지 더하면 쏠쏠한 돈이 나온다.

'……물론 개중에는 과도한 인테리어 비용 따위를 요구하는 양아치들도 있긴 하지만.'

전생의 허상윤은 인격적으로 썩 훌륭하진 않더라도 최소한 상도덕의 도리는 지킬 줄 아는 놈이었으니, 나중에도 허튼 장난질은 하지 않을 것이다.

'만약 그런 시도를 하겠다면 내가 가만히 있지 않겠지만.'

딱히 내가 착해서는 아니다.

장기적으로는 내 회사의 브랜드 이미지 실추로 이어지는 일이니, 통제할 건 통제해야 한다고 보는 것뿐.

'뭐, 하긴 배달 위주로 먹고사는 치킨집 프랜차이즈가 인테리어로 뜯어낼 돈이 뭐가 있겠냐마는.'

나는 다른 손님에게 폐가 되지 않게끔 관계자 전용 뒷문으로 들어갔다.

거기서 쓰레기를 내놓던 종업원은 자연스럽게 출입 제한

다시 사는
재벌가
망나니

구역임을 알리려다가 나를 알아보곤 웃는 얼굴로 인사를 건넸다.

"아, 성진이 왔니?"

"네, 안녕하세요. 사장님 계세요?"

"응. 안쪽에. 셰프님이랑 한참 신작 개발 중이신데……."

종업원은 침을 꼴깍 삼키곤 내게 웃어 보였다.

"기대해도 좋아."

그야 내가 실질적인 주인인 것까지는 모르고, '어린 사장'의 친척쯤으로 여기고 있는 정도겠지만.

'그 정도가 딱 적당하지.'

지금 공동사장(허상윤, 이진영)도 어린데, 그보다 더 어린 초딩이 시저스 총괄 오너라고 하면 웃음도 안 나올 거다.

나는 시저스 2호점 뒤편의 제품개발실로 직행했다.

그사이 몇 번인가 와 봐서 헤매지 않고 갈 수 있었다.

그보단, 입구에서부터 고소한 기름 냄새가 진동했다.

'……아, 이거지, 이거!'

근미래 대한민국 서민들의 소울 푸드.

이번 생에 들어서부터는 불러도 대답을 들을 수 없던, 그이름.

지금만큼은 서민적 취향이라고 불러도 좋다. 아니, 이 유혹은 그 대단하신 재벌들도 떨치기 힘든 것이었다.

전생의 언젠가 모 기업의 총수조차 교도소 생활을 마치고 특별 사면되었을 때 집에 돌아와서 시킨 것이 치킨이었다고 할 정도이니, 치킨은 대한민국 국민들에게 신분과 나이, 계층을 넘어선 영혼의 음식이라고 불러도 좋을 것이다.

'……여기에 맥주까지 곁들이면, 세상에 부러울 것이 없었지.'

나는 입맛을 쩝쩝 다시면서, 하지만 내색하지 않으려고 애쓰며 제품개발실로 향하는 문을 열었다.

'치킨!'

# 2장

조설훈은 광수대 본부 근처의 곱창전골집에서 김보성을 만났다.

김보성은 그 흔한 '이런 누추한 곳에 모시게 되어' 운운하는 말도 하지 않았고, 그저 자리에서 일어서 악수를 하는 것으로 첫 대면을 대신했다.

"처음 뵙겠습니다. 김보성입니다."

"조설훈입니다."

그는 김보성이 권한 식당 별채 테이블 맞은편에 자리를 잡았다.

자리에 앉은 조설훈은 헐벗은 여자가 붙어 있는 맥주 광고 포스터며 눌은 장판 등 가게 곳곳을 둘러본 뒤 빙그레 미소 띤 얼굴로 입을 뗐다.

"초면에 이런 말씀을 드리긴 조심스럽습니다만, 검사님 취향이 퍽 서민적이시군요."

조설훈은 '이런 누추한 곳' 운운하는 말을 빙 둘러 지적했으나, 김보성은 그 말을 귓등으로 흘려 버렸다.

"저도 최근 형사들 소개로 알게 되었습니다만, 제법 맛이 좋더군요."

"그렇습니까? 검사님이 직접 고르신 식당이니 기대해 보겠습니다, 하하."

말은 그렇게 했지만.

'부른 곳이 하필이면 광수대 본부 근처의 곱창전골집이라……'

한편으론, 조설훈도 이런 '서민적인' 식당에 발길을 한 지 오래되어서, 차라리 김보성이 수배한 곱창전골집이 반갑기까지 할 지경이었다.

'그래도 명색이 재벌이고 검사인데 이런 허름한 곳에 나를 부르나? 사람 우습게 보는 것도 아니고.'

하지만 똥개도 제 구역에서는 먹고 들어간다고, 조설훈은 김보성이 선정한 장소에 어느 정도 계산이 깔려 있으리라 생각하면서도 일단은 웃는 얼굴로 그를 대했다.

'게다가 형사들 소개로 알게 되었다고 했겠다, 거기는 일반적인 검경들의 관계와 다르다는 걸 어필하려는 건가.'

어쨌건 판은 깔렸다.

조설훈은 김보성에게 이번 대화의 주도권이 넘어가지 않게 끔 해야겠다고 생각하면서 비치된 물수건으로 손을 닦았다.

"원래라면 조금 더 일찍 검사님을 찾아뵙고 인사를 드렸어야 했는데, 경황이 없어 그러질 못했습니다."

"아닙니다. 조 사장님 바쁘신 건 잘 알고 있지요. 오늘 하루만 하더라도 공사다망하셨다고 들었습니다. 회장님의 쾌유를 빕니다."

조설훈은 저도 모르게 한쪽 눈썹을 씰룩였다.

'벌써 아버지가 중환자실에 입원했단 걸 알고 있는 건가? 마냥 호락호락하지는 않겠군.'

뒤이어 조설훈은 의도적인 쓴웃음으로 김보성의 말을 받았다.

"감사합니다. 저도 병문안은 못 했습니다만, 아버지를 뵙게 되면 검사님의 말씀을 전해 드리겠습니다."

김보성이 미소 띤 얼굴로 물었다.

"소주 하시겠습니까?"

저쪽이 먼저 손을 내밀어 온다는데.

좋은 징조였다.

조설훈은 마다하지 않고 고개를 끄덕였다. 때마침 전골냄비를 올려놓은 주인장에게 김보성은 소주를 시켰고, 전골이 끓는 사이 김보성은 소주 병뚜껑을 따서 조설훈에게 한 잔 따라 주었다.

"그런데."

조설훈은 병을 받아 김보성에게 술을 따르며 은근한 말투로 물었다.

"요즘 바쁘시다고 들었습니다만, 오늘은 어쩐 일로 저를 다 부르셨습니까?"

"잠시 이야기나 할까 해서요."

방금 전 유감을 표할 이야기를 나누어서일까, 둘은 잔을 부딪치는 일 없이 각자의 자리에 놓인 잔을 비웠다.

김보성은 입맛을 다시며 말을 이었다.

"최근 일로 말미암아 부득이 귀사에 신세를 지고 있습니다만, 적극적인 협조에 감사를 드리는 의미도 겸해서 말입니다."

그럴 거라면 이런 곱창전골집이 아닌 좀 더 그럴듯한 곳으로 부르지 그랬나.

조설훈은 생각을 내색하지 않으며 미소를 지었다.

"일개 사업가 나부랭이로서 나랏일 하시는데 응당 도움을 드려야지요. 오히려 저희 회사 일로 검사님께 심려를 끼쳐 드려 송구스러울 따름입니다."

"아닙니다. 저희도 빠른 시일 내에 수사를 마무리 짓고 사장님 하시는 일이 잘 풀릴 수 있게끔 조치를 취하겠습니다."

다시 한 순배씩, 술잔이 돌았다.

그사이 주방에서 미리 한소끔 끓여 온 전골이 부글부글 끓어올랐고, 김보성은 곱창전골을 앞 접시에 몇 국자 떠서 조설훈 앞에 내려놓았다.

"드시죠. 앞서 말씀드렸지만, 맛이 제법 좋습니다."

"감사합니다. 그러면 먼저 실례하죠."

조설훈은 전골을 한 숟갈 떠먹었다.

아주 좋지도, 그렇다고 해서 나쁘지도 않은 평범한 맛이었다.

그냥, 가격에 어울리는 맛이다.

어디까지나 '서민'들이라면 큰 기대 없이 한 번씩 찾아가 봄 직한 가게.

하지만 김보성은 이만한 진미도 달리 없다는 듯 웃으며 물었다.

"괜찮지요?"

"맛이 좋군요."

조설훈은 빈말로 받으며 미소를 지었다.

"저도 염치가 있지, 검사님께서 이런 좋은 가게를 소개해 주셨는데 도저히 공짜로는 못 얻어먹겠습니다."

조설훈은 안주머니를 뒤져 지갑을 꺼낸 뒤, 그 속에서 100만 원짜리 수표를 꺼내 탁자 위로 슥 밀었다.

"사실 별거 아닙니다만, 좋은 가게를 소개해 주신 데 감사의 의미로 식사비 정도는 제가 내겠습니다."

"……."

물론 밥값은 빌미에 불과했다.

"아참, 요즘 피곤하실 텐데 보신이라도 하시죠. 조만간 녹용이라도 한 첩 달여서 보내 드리겠습니다."

이것 맛보기고, 예의 '보약'은 정말로 심신에 좋은 보약으로 찾아갈 것이다.

'평검사 월급이야 뻔하지. 어차피 이런 걸 바라고 온 거 아니냐.'

조설훈의 암시를 들으며 김보성은 탁자 위의 수표를 물끄러미 바라보다가 고개를 들었다.

"거스름돈이 많이 남겠군요."

"하하, 가진 게 이것뿐이어서요."

김보성은 수표에서 시선을 떼고 조설훈에게 두 손으로 술을 따랐다.

그러면 그렇지.

조설훈은 씩 웃으며 김보성과 술잔을 나눴다.

"초면부터 이런 말씀을 드리는 것이 결례라는 것은 알고 있습니다만."

김보성이 잔을 받으며 말을 이었다.

"박상대 씨의 사망으로 심려가 크시겠습니다."

그의 제법 단도직입적인 물음에 조설훈은 움찔했다.

'……무슨 속셈이지?'

하지만 조설훈은 김보성이 지금 자신을 떠보려 던진 질문이라는 걸 의식한 채 태연하게 김보성의 말을 받았다.

"박상대 씨로 말미암은 회사 일로 하신 말씀이라면…… 그런 편입니다만."

"아뇨."

김보성이 미소 띤 얼굴로 말을 이었다.

"저는 사장님께서 박상대 씨와 어느 정도 친분이 있는 것으로 알고 있어서요."

어쭈, 이것 봐라.

'떠보는 건가? 아니면, 알 건 알고 있다 이거냐?'

조설훈은 피식 새어 나오는 웃음기를 갈무리하며 김보성의 말을 받았다.

"부정하지는 않겠습니다. 저희 조광 그룹은 박상대 씨의 선친 때부터 안면을 트고 지낸 사이지요. 하지만 그건 어디까지나 아버지께서 하신 일이고, 저 개인은 박상대 씨와 몇 번 자리를 함께했을 뿐입니다."

조광과 박상대 사이에 어느 정도 유착이 있었다는 건, 조사를 해 보면 다 나오는 이야기였다.

하물며 지금 조광을 향한 광수대의 수사 역시도 박상대와 조광 사이의 유착을 빌미 삼아 진행 중이라는 것쯤은 세상 사람이 다 아는 사실이었다.

하지만 그건 어디까지나 '조광과 박상대'의 관계일 뿐이지, 조설훈 개인과 박상대 개인의 관계가 아님을, 조설훈은 힘주어 선을 그었다.

'이만하면 얼추 알아들었겠지만.'

그러면서 조설훈은 일부러 말을 보탰다.

"물론 불행한 일로 유명을 달리한 것에 대한 유감은 있습니다만, 명색이 국정을 이끌 위치를 바라보는 사람이 저지른 부정에 대해선 대한민국 국민의 한 사람으로서 좋게 볼 수만은 없겠더군요."

"그렇습니까……."

김보성은 말끝을 흐리며 냄비 속 곱창전골을 조설훈 앞의 접시에 몇 국자 떠 놓았다.

"그러면 최근에는 박상대 씨를 만나신 적이……."

"없습니다."

딱 잘라 말하는 조설훈의 대답을 김보성은 담담한 얼굴로 받았다.

"그렇습니까? 제가 알아보니 그렇지만도 않은 듯한데요."

"……."

일순 자리의 분위기가 바뀐 듯했다.

무슨 말을 하고 싶은 거지?

조설훈이 김보성을 물끄러미 쳐다보고 있으려니, 그가 제 몫의 전골을 뜨며 말을 받았다.

"사장님께선 혹시 박상대 씨가 작고하기 전, 몇 번인가 만남을 하지 않으셨습니까?"

"……글쎄요. 어쩌면 그럴 수도 있겠죠."

"최근 공사다망하셔서 기억을 잘 못하시는 듯합니다만, 박상대 씨의 핸드폰 통화 내역을 살피니 사장님의 전화번호가 찍혀 있어서 말입니다."

"……몇 차례, 통화 정도는 했을지도 모릅니다. 그런데 그건 이런 자리에서 나눌 만한 대화가 아닌 성싶습니다만."

"그래요? 그러면 어떤 자리에서 말씀을 드려야 했을지……. 아니면 저희 사무실에서 이야기를 나눠야 했을까요?"

……이 새끼가.

조설훈은 얼굴이 붉으락푸르락해지려는 걸 참으며 차분하게 말을 받았다.

"저는 검사님과 사건 관련한 이야기를 주고받을지는 생각도 못했거든요. 그런 이야기라면 좀 더 격식을 갖춘 공적인 자리가 어울리지 않겠습니까."

"아, 이를테면 변호사를 대동한 자리, 말씀이십니까?"

"……."

조설훈의 얼굴이 딱딱하게 굳는 것을 보며, 김보성이 말을 이었다.

그 얼굴은 별다른 표정 변화가 없었지만, 기분 탓인지 한편으로는 비릿하게 웃는 것처럼도 보였다.

"저도 '격식을 갖춘' 자리가 아니니 길게 말씀드리지는 못

하겠습니다만, 최근 사장님과 박상대 씨 사이에 왕래가 있었다는 것을 알게 되어서요."

"······시기가 공교롭군요."

"그러게 말입니다. 요즘 생각하는 겁니다만, 어쩌면 Y구에 있었던 박길태 씨 사망 사건도 박상대 씨 사건과 아주 무관하지만은 않겠단 생각이 듭니다. 그 역시 공교롭게도 마침 조광 내부의 일이었고 말이죠."

"······."

김보성은 가릴 것 없이 패를 까 보이고 있었다.

더 이상의 표정 관리가 힘들었던 조설훈은 물수건으로 입가를 훔쳐 내곤 자리에서 일어섰다.

"잘 먹었습니다. 바쁜 일이 생겨서 먼저 실례하죠."

김보성은 일어서지도 않고 자신의 빈 잔에 자작을 하며 고개를 끄덕였다.

"그러시죠. 저는 아직 식사 중이어서 마중은 하지 않겠습니다."

"······."

저 새끼가.

뭐, 저래 봬도 고위 공무원이니 남들이 하듯 그런 고분고분한 태도는 애초에 바라지도 않았지만, 그 노골적으로 척을 지는 태도는 조설훈에게 무척이나 불쾌했다.

"아참."

김보성이 지리를 떠나려는 조설훈을 불러 세웠다.

돌아보니, 그는 테이블에 놓인 수표를 손가락으로 툭툭 건드리며 말을 이었다.

"사장님께서 깜빡 잊고 가신 수표는 조만간 '공식적인 자리에서' 돌려드리겠습니다."

"······."

조설훈은 대답도 없이 고개를 돌려 식당을 빠져나왔다.

'······빌어먹을 새끼.'

그가 당초 예상했던 것과 달리 썩 유쾌한 자리는 아니었다.

김보성은 이 마당에도 수사에서 손을 뗄 생각은 없어 보였고, 최후의 발악 비슷한 발버둥을 치며 버티는 중이라고, 조설훈은 생각했다.

'······공부만 하던 샌님이다 이건가. 세상 사는 법을 모르는 놈이었군그래.'

좋게 넘어가면 얼마든지 그렇게 할 수 있음에도 불구하고 김보성은 자신에게 공공연한 시비를 걸어왔다.

'꼴에 자존심을 세워 보겠단 거지?'

이건 자신을 향한 선전포고였다.

'저놈 사법연수원 기수부터 알아봐야겠군. 일개 평검사 따위가 어디서 감히 나와 맞먹으려고 들어?'

대기하고 있던 운전수는 '오셨습니까' 하고 말을 건네려다

가 딱딱하게 굳어 있는 조설훈의 안색을 살피곤 눈치껏 아무
말 없이 차량 뒷문만을 열었다.

'옘병, 입맛만 버렸군.'

조설훈은 뒷좌석에 등을 기대고 앉아 잠시 생각에 잠겼고,
운전수는 '어디로 가야 할지' 몰라 공연히 눈치를 살피기만
했다.

후우.

조설훈은 긴 한숨을 내쉬곤 입을 뗐다.

"야."

"예, 사장님."

운전수가 즉각 대답했고, 조설훈은 조수석 사이드박스에
손가락을 까딱였다.

"핸드폰 가져와."

운전수는 재빨리 사이드박스를 열어 '대포폰'을 꺼내 조설
훈에게 건넸다.

"여기 있습니다."

"……"

조설훈은 전화기를 받아 든 뒤, 배성준에게 전화를 걸었
다.

―여보세요, 배성준입니다.

"나요, 조설훈. 잠깐 나 좀 봅시다."

애당초 표적이 자신을 향하려고 한다면, 이는 제대로 보고

를 하지 않은 배성준의 탓이었다.

'이놈이고 저놈이고, 오냐오냐했더니 죄다 나를 호구로 보
는군.'

이 기회에 기강을 한번 잡아야겠다고, 조설훈은 생각했다.

제품개발실에서는 허상윤과 오성환이 한창 치킨 튀기는
일에 몰두하고 있었다.

"왔어?"

허상윤이 먼저 웃으며 나를 반겼고, 곁에 있던 오성환은
기름 담긴 솥에서 치킨을 꺼내 담으며 입꼬리를 씩 올렸다.

"마침 잘 왔어. 이제 막 새로 튀겨 냈거든."

치킨은 이미 쟁반에서 한 김 식히는 중이었다.

'치킨이다!'

개인적으로는 모락모락 김이 피어오르는 갓 튀겨진 치킨
보니 지금이라도 손을 가져다 대고 싶었지만.

'명색이 사장인데, 여기선 점잔을 빼야지.'

나는 미소 띤 얼굴로 고개를 끄덕였다.

"네, 들었어요. 치킨 개발 중이라면서요?"

오성환이 고개를 끄덕였다.

"응. 지금은 레스팅 중이니까 맛보는 건 좀 있다가…….

아무튼 갑자기 웬 치킨이라니, 갑자기 메뉴가 신대륙으로 건너가고 그러냐."

오성환의 말에 나는 픽 웃었다.

"어쩌다 보니 그렇게 됐어요."

"나야 뭐, 상윤이 부탁이니까 도와주고는 있는데…… 조금 뜬금없긴 하다."

말은 그렇게 했지만, 오성환은 별로 대수롭지도 않은 일이라는 듯이 빙글빙글 웃고 있었다.

그는 현재 3호점까지 나온 식당 시저스의 총괄 셰프로 활약 중이었는데, 그러면서도 신화호텔과 제휴 및 연수를 병행하면서 눈코 뜰 새 없이 바쁜 나날을 보내고 있었다.

'이 시기 전생의 그는 프랑스로 요리 유학을 떠났던가, 그랬지.'

듣기로는 그의 요리 감각은 타고난 곳이 있어서, 신화호텔과 제휴하며 부족했던 걸 스펀지가 물을 흡수하듯 배우고 익힐 뿐만 아니라, 이를 자신의 것으로 소화해 메뉴에 응용하기까지 했다.

'그러니 신화호텔의 알랭 셰프가 오성환을 탐낼 만도 하지.'

그야 전생엔 미슐랭 레스토랑 세컨드 셰프까지도 역임했던 오성환이니까.

신화호텔에서도 그런 오성환을 스카우트하려고 예의주시

하고 있었지만, 제니퍼에 대한 의리인지 아니면 지금 위치가 마음에 드는 것인지 그는 주위의 러브콜에도 눈 하나 깜짝하지 않고 시저스의 총괄 셰프직을 역임 중이다.

'그러면서 이따금 이렇게 신메뉴 개발 일이 있으면 두 팔 걷어붙이고 나서기도 하지.'

먹거리에 관심이 많은 허상윤과 오성환은 쿵짝이 잘 맞았다.

다만 오성환은 어느 정도 요리의 경지를 예술로 끌어올리고자 하는 파인 다이닝의 욕망이 있었고, 허상윤은 누구나 따라 할 수 있는 손쉬운 레시피를 궁구하는 것에 더 관심이 있어 보였다.

'그런 걸 보면 변하지 않는 것도 있긴 있는 모양이야.'

현재로선 두 사람의 시너지가 괜찮아서, 이들이 개발한 시저스의 계절 한정 메뉴며 주기적으로 교체되는 뷔페 메뉴는 고객들에게도 호평이었다.

그리고 지금, 나는 이 두 사람이 합작한 치킨을 앞에 두고 있었다.

나는 입맛을 다시며 물었다.

"일단은 후라이드 정도만 만드셨나요?"

내 말에 허상윤이 씩 웃었다.

"응, 뭐니 뭐니 해도 그게 기본이지 않냐? 일단은 후라이드를 베이스로 해서 양념을 개발해 나가야지. 뭐, 몇 가지는 개발해 둔 상태이긴 한데…… 맛이란 건 후라이드 베이스가 어떤가에 따라 달라지기도 하거든."

팔짱을 낀 채 기다리고 있던 오성환이 허상윤의 말을 거들고 나섰다.

"지금은 일단 시험 삼아 만드는 거긴 한데, 몇 호 닭을 쓰느냐에 따라 육계의 육질이며 식감도 달라지니까, 그것도 고려는 해 봐야지. 지금은 9호 닭을 쓰고 있지만 이것저것 시험해 볼 생각이야."

이렇게 쿵짝이 잘 맞으니, 굳이 내가 행차해서 테스트를 해 보지 않아도 어련히 잘 굴러갈 듯하다.

'뭐, 사실 내가 여기 온 건 치킨을 먹고 싶다는 개인적인 바람 때문이기도 하니까.'

그때 허상윤이 헛기침을 하더니 슬쩍 물었다.

"흠, 흠, 그런데 성진이 너 혼자 왔냐?"

물어보는 이유는 알고 있지만, 나는 일부러 모른 척 되물었다.

"네. 왜요?"

오늘은 운전수인 강이찬도 일치감치 퇴근을 시켰다.

"아니, 뭐, 그냥……."

허상윤은 대강 얼버무리듯 말을 이었다.

"요즘 혼자서만 다니는 거 같아서. 명색이 사장인데, 수행원 정도는 데리고 다녀야 가오가 살지 않겠냐."

전예은의 불참을 그런 식으로 떠보는 건가.

이 정도면 굳이 전예은의 말이 없더라도 허상윤의 심리가 어떤지 눈치를 챌 수 있을 지경이다.

나는 일부러 태연하게 그 말을 받았다.

"에이, 이 시간이면 직원들도 퇴근해야죠. 오늘 찾아온 것도 어디까지나 제 개인 시간 짬을 내서 온 거고, 어디까지나 비공식적인 방문이잖아요?"

"그런가?"

"그럼요. 고용주가 직원에게 할 수 있는 최고의 복지는 정시 퇴근이라는 말도 있잖아요?"

물론 그건 좀처럼 지켜지지 않고 있지만.

허상윤은 별수 없다는 듯 머리를 긁적이더니 이어서 어깨를 으쓱였다.

"그보다 요즘 일은 어때? 괜찮아?"

"할 만해요."

조광부터 김민혁의 퇴사까지 이런저런 문제가 산적해 있긴 하지만, 시저스 2호점의 공동사장에 불과한 허상윤이 신경 쓸 일은 아니다.

"그런데 진영이 형은요? 홀에 있나요?"

"아, 진영이 말이야?"

허상윤이 픽 웃었다.

"걔야 뭐, 평소대로라고 해야 할까, 뺀질뺀질해. 뭐라더라, 자기 한 사람 없어도 잘 돌아가니까 괜히 종업원들 사이의 합을 깨고 싶진 않대. 말 하나는 뻔뻔하지?"

이진영은 일치감치 퇴근했나 보군.

뭐, 식당 사업 자체를 본인의 업으로 삼은 허상윤과 달리 이진영은 반쯤 '엉겁결에' 끼어든 느낌이었고, 사업이 궤도에 오른 뒤부턴 식당 출입 자체를 잘 하지 않는 듯했다.

그래도 인사관리며 기본적인 장부 관리 등, 제 할 일은 재깍 해치우곤 하는 모양이니까 트집 잡을 건 없지만……

'요즘 뭘 하고 다니는 거람.'

흔히들 무소식이 희소식이라고는 하는데, 그 격언을 이진영에게도 동일 적용해야 할지는 의문이다.

이윽고, 오성환이 입을 뗐다.

"이만하면 됐겠다, 먹어 볼래?"

드디어!

나는 빙긋 미소 띤 얼굴로 그들에게 좀 더 가까이 다가갔다.

"그럼 어디, 맛봐 볼까요?"

내 말에 허상윤과 오성환은 씩 웃으며 고개를 끄덕였다.

응당 내 마음에 쏙 들 것임을 자신하는 눈치였다.

나는 황금빛이 감도는 잘 튀겨진 닭다리 하나를 집어 들었다.

'일단 겉보기는 나쁘지 않아. 아니, 그야 오성환이 만들었

으니 당연하겠지만⋯⋯.'

비강으로 고소한 기름 냄새가 스며들어 온다.

아, 치킨이여!

미국에 빅맥지수가 있다면, 한국에는 치킨지수라는 걸 도입해야 하지 않을까.

그야말로 대한민국 국민 먹거리, 국민 야식.

동서고금을 막론하고 육식을 금지하지 않는 모든 종교는 그 계율에 '닭고기'만은 공통분모로 남겨 두었다. 그러니 나는 치킨이야말로 감히, 인종과 문화, 종교와 계파 간의 갈등을 봉합하는 평화의 상징이라고 말할 수 있다.

또한 프랑스의 앙리 대왕은 '하느님께서 허락하신다면, 짐은 왕국 모든 국민들로 하여금 일요일이면 닭고기를 먹게 하겠다'고 하였다.

그 유지는 미래, 저 먼 동방 끝자락까지 전해지며 대한민국 국민에게까지 이어졌으니, 사해동포여 치킨 아래 단결하라!

"⋯⋯냠."

나는 내 손에 들린 치킨을 한 입, 크게 베어 물었다.

아직 모락모락, 뜨거운 감이 남은 치킨은 내가 한 입 베어 물자마자 첫 번째 바삭거리는 튀김옷을 뚫고 쥬시한 육즙이 펑 하고 터지며 입 속에서 폭발했다.

맛있다!

전생과 현생을 통틀어 몇 년 만에 맛본 치킨은 내 기대를 여지없이 충족…….

"……."

……시켜 주지 못했다.

'엥?'

……분명 맛은 있는데, 그 맛에서 나는 뭔가 모를 위화감을 느꼈다.

명망 높은 천재 요리사 오성환이 직접 튀긴 이 닭다리는 열이면 열, 다 맛있다고 할 만큼 잘 튀겨진 후라이드였는데도 불구하고 나에겐 묘하게 허한 느낌이 들게 했다.

'……이유가 뭘까?'

튀긴 정도도 완벽하고, 겉은 바삭, 속은 촉촉, 물론 안쪽까지 잘 익은 데다가 밑간도 완벽하다.

'그런데 왜?'

내 실망감이 표정에서 드러났는지, 오성환은 다소 겸연쩍어하는 얼굴로 나를 보았다.

"……흠, 우리 사장님 입맛엔 별로였나 보군."

"아니에요. 맛있습니다. 무척 맛나요."

나는 닭다리를 마저 한 입 베어 물었다.

역시 맛있다.

맛은 있는데……. 조금 왠지, 뭐랄까.

그리고 나는 이내 그 위화감의 정체를 파악했다.

'……이거, 너무 고급스러운 느낌인데?'

오성환이 튀겨 낸 치킨은 적절한 짠맛 속에서 깔끔한 뒷맛과 함께 입안을 각종 향신료의 풍미로 가득 채우고 있었으나, 한편으로는 그게 문제였다.

'이건 어디 격식 있는 레스토랑에서 칼질해 가며 먹을 만한 맛이군.'

자고로 치킨이란 다소 쌈마이한 맛이 나야 제격이라고 생각한다.

'뭐, 거기까진 내 입맛이 서민적이라는 베이스를 취향 문제로 깔고 간다 치더라도…….'

이번 생 들어서는 본의 아니게 고급품이 아닌 건 입에 담지도 않고 있지만, 그럼에도 나는 이따금 몸에 안 좋고 맛있는 것들이 당길 때가 있었다.

특히 치킨.

치킨이 몸에 해롭다는 건 주지의 사실이지만, 건강 생각하면서 치킨을 찾는 사람이 몇이나 될까.

그걸 감안하고도 먹는 것이 치킨인 것이다.

전생, 근 미래의 대한민국은 치킨 공화국이라고 할 정도로 숱한 치킨 프랜차이즈가 각축전을 벌이는 땅이었고, 그 경쟁 속에서 대한민국 치킨은 상향 평준화되어 전 세계에 'K-치킨'이라 불릴 만한 또 하나의 한류로 자리매김했다.

'전 세계 맥도날드 매장 수보다 한국 치킨집이 더 많다는 정보는 이제 와서 새삼스러울 정도지.'

나는 닭다리를 마저 먹고는 허상윤이 내민 통에 뼈를 넣었다.

"일단, 맛은 있습니다. 그건 빈말이 아니에요."

분명, 중소규모 치킨 프랜차이즈가 전부인 이 시대 기준으로는 어디 내놓아도 손색이 없을 뿐만 아니라 취향에 따라서는 치킨의 상향 평준화가 이루어진 전생의 근 미래에도 먹힐 것이다.

'어디까지나 내 취향 문제일 뿐……일까?'

오성환이 고개를 주억거렸다.

"……음, 그렇겠지. 너 전에 먹어 본 다른 사람들은 죄다 호평이었고."

오성환의 중얼거림에는 허상윤도 맞장구를 쳤다.

"응, 시식을 해 본 종업원들 말론 당장 메뉴로 내놓아도 손색이 없다는 게 중론인데 말이야. 혹시 너무 좋은 것만 먹고 살아서 그런 거 아니냐?"

허상윤이 약간의 농을 섞어 건넨 말에 나는 고개를 저었다.

오히려 그 반대다.

"아뇨, 제 생각에는 너무 고급스럽다는 느낌이 들던데요."

내 말에 허상윤과 오성환은 서로를 쳐다보더니 눈을 껌뻑였다.

"고급스러우면 좋은 거 아니야?"

허상윤이 내 말을 받아쳤다.

"게다가 시저스도 일단은 대중들 사이엔 나름대로 고급 브랜드로 통해. 물론 신화호텔 레스토랑 같은 곳에 비할 바는 아니지만, 가격대도 나름 높은 축에 속하고."

그럴 것이다.

시저스는 어쨌건 재료나 품질에 있어서는 타협을 하지 않는다.

그건 허상윤만 그런 것이 아니라, 총괄 사장인 제니퍼의 의향이기도 했다.

그러다 보니 자연스럽게 시저스는 그 음식 단가도 높았고, 이용객도 만인을 대상으로 하기보다는 어느 정도 여유가 있는 사람을 노렸다.

그래서 시저스는 매주 언제나 찾을 수 있는 곳이 아닌, 제법 호쾌하게 큰마음 먹고 한 번씩 엥겔지수를 높이기 위해 찾는 그런 식당이었다.

'뭐, 이 시대에는 어쨌건 무조건 고급화 전략을 앞세우는 것이 성공 비결이긴 했지.'

아직 불경기라는 걸 체감해 본 적이 없는 시대였다.

그야말로는 떠들 수 있지만, 그 몸서리쳐질 만한 한파가 피부에 와닿은 적은 없는, 그런 황금시대.

실제로 IMF 이후 어중간한 고급을 표방하는 곳은 하나둘씩 장사를 접었고, 아주 고급이 아니면 아예 서민적인 가격

정책을 앞세운 곳이 대세가 되어 시장은 그런 양극단을 이룬 채 한동안은 쭉 이어진다.

'한편으로는 그 직후가 소위 패밀리 레스토랑의 중흥기이기도 하지만······ 그건 그것대로 나중엔 시대의 흐름에 뒤처져 도태되고 말아.'

그런 어중간한 정책을 펼치는 시저스 역시 마냥 남 이야기는 아닌 것이다.

그나마 여건상 점포 수 확장을 직영점 위주로 제한하고 있으니 괜찮긴 하지만, 이는 의도한 전략상의 이유는 아니었다.

나는 고개를 돌려 주방을 살피다가 고개를 끄덕였다.

"좋습니다. 일단 맛 문제는 제 취향도 있으니 넘어가죠. 다만."

나는 허상윤을 보았다.

"형."

"왜?"

"만약 지금부터 치킨을 튀기라고 하면, 형은 이거랑 똑같을 정도로 튀겨 낼 수 있어요?"

내 말에 허상윤은 눈을 껌뻑이더니 손사래를 쳤다.

"에이, 말도 안 되지. 나는 아마추어고, 성환이 형은 프로잖아? 흉내도 못 낼걸."

그래, 이건 오성환이 아니면 할 수 없다.

일단은 그게 문제였다.

비록 말은 그렇게 했지만, 허상윤의 요리 실력은 자취생이 요리 좀 할 줄 안다 정도의 일반적인 아마추어 수준은 아니었다.

그는 (돈 받고 파는 용도는 아니지만)메뉴 개발 때면 직접 요리를 하는 일도 왕왕 있었고, 그 실력은 문외한인 내가 보기에도 제법 뛰어났다.

그도 어느 정도 요리에 일가견이 있는 인물인 것이다.

'그런 허상윤도 오성환 앞에선 달 앞의 반딧불이긴 하지만.'

문제는 이걸 추후 다른 가맹점에서 흉내 낼 수 있을까다.

세상에는 허상윤 정도의 요리 실력도 안 되는 사람이 부지기수니까.

'블랙 유머이긴 하지만, 은퇴 후 치킨집을 차리려면 그 기준치를 한참 낮춰야 해.'

그건 일단 차치하더라도.

"먼저 짚고 넘어가죠. 형은 이 치킨을 튀긴 후 시저스에서 신메뉴로 선보이실 예정인가요?"

그 말에 허상윤은 내가 무슨 의도로 그런 말을 던졌는지 아리송해하며 대답했다.

"필요하다면 그래야지. 고객 반응도 살필 겸해서 기간 한정 메뉴로 출시할 생각인데?"

"그다음은요?"

"그다음은…… 글쎄, 일단 치킨에 특화된 독립된 브랜드를 만들고……."

그쯤 해서 허상윤은 내 의도를 눈치채곤 말끝을 흐렸다가 고개를 들었다.

"그러니까 네가 방금 전 내게 성환이 형이 만든 거랑 똑같은 치킨을 만들 수 있겠냐고 물은 건, 치킨 전문 프랜차이즈화를 염두에 둔 발언이냐?"

나는 고개를 끄덕였다.

"맞아요."

처음부터 그쪽을 고려해서 나온 이야기였으니까.

허상윤이 떨떠름해하는 얼굴로 내 말을 받았다.

"하지만 그건 지금 시저스를 하는 것처럼 꾸려 가면 되지 않겠어?"

"그러면 형은 이번에 계획 중인 치킨집도 시저스처럼 직영점으로 운영하실 생각인가요?"

"……."

현재 3호점까지 나온 시저스의 경우, 본점에서 훈련된 요리사를 분점으로 파견 보내는 형식으로 요리의 질을 평준화하고 있다.

그러면서 오성환은 주기적으로 각 지점을 돌며 품질 관리를 하거나 개선점을 찾아 주는 등, 시저스 총괄 셰프라는 직함에 걸맞은 행보를 보이는 중이었다.

시저스의 성장 속도는 나쁘지 않은 편이었지만, 이래 보여도 시저스는 뷔페형 패밀리 레스토랑을 표방하고 있기에 요리사는 다양한 레시피를 만들 줄 알아야 했다.

그뿐이랴, 수요가 낮은 메뉴는 빼 버리고 새로 개발한 메뉴를 넣는 등, 시저스는 요리사가 익혀야 할 기술적 노하우 부담이 큰 편이었다.

그러니 '이제야 3호점'이 나온 시저스는 내 기준에선 프랜차이즈로 부적합한 편이었다.

'그것도 훈련된 전속 요리사가 늘어나고 시스템이 갖춰지고 나면 궤도에 오르겠지만…….'

그 방식도 조만간 한계에 부딪힐 것이다.

그때 가서는 시저스라는 브랜드 자체의 시스템을 한차례 뜯어고칠 예정이긴 했다.

'지금은 지점마다 컨셉을 달리하는 방식으로 하고 있지만, 브랜드 가치가 올라가고 나선 재료를 레시피대로 만들기만 하면 되는 수준으로 시스템을 꾸려 가야지.'

허상윤은 떨떠름해하는 얼굴로 입을 뗐다.

"무슨 말을 하는지는 알겠어. 하지만 어차피 닭만 튀기면 될 일이잖아? 암만 초보자라도 몇 개월 정도 교육을 거치고 나면 얼추 성환이 형 정도는 해내지 않겠어?"

그렇게 말한 허상윤은 아차 싶었는지 오성환의 표정을 살폈지만, 오성환은 오성환대로 생각하는 바가 있는지 그 말에 별로 신경 쓰지 않는 모습이었다.

오성환이 고개를 끄덕였다.

"튀김이라는 게 보기보다는 어려운 조리법이긴 하지만, 상윤이 말마따나 '그것만 만든다'고 하면 기준치 정도로 숙달하는데 그렇게까지 어렵지는 않겠지."

오성환이 말을 이었다.

"또, 지금은 시행착오 중이어서 어렵게 보였지만, 제대로 '시스템'이 갖춰지고 나면 조금 달라질 거야. 방금 전처럼 그냥 일반 솥에 튀긴 거랑은 달리 전용 튀김기도 들이고, 몇 호 닭을 쓰면 좋을지까지 협의가 끝나고 나면 몇 분가량을 튀기면 될지 타이머로 계산도 가능해질 테지. 결국 닭 호수라는 건 그람 단위로 나오는 거니까, 그걸 레시피화하긴 어렵지 않거든."

요리사라 그런지, 아니면 3호점까지 나온 시저스를 관리하며 생각해 온 바가 있는 건지, 오성환은 내가 말하고자 하는 바를 제대로 짚어 냈다.

그러잖아도 오성환은 최근 '레시피대로 만들면 그 맛에 근접한' 수준의 요리를 만드는 일에 고심 중이라고 들었다.

'파인 다이닝 위주로 성장했던 전생과는 다른 방식으로 성장 중인 거겠지.'

나는 오성환의 말에 맞장구를 쳤다.

"네, 닭을 '튀기는' 일이라면 그럴 수 있겠죠. 하지만 밑 준

비며 추후 개발 예정인 소스까지도 매장마다 일정 수준을 유지하는 게 가능할까요?"

"······흠. 본점에서 만든 걸 납품하는 형식이라면 얼추······ 그래도 할 일이 많아지긴 하겠군. 소스라는 건 주방의 온도며 습도에 따라 익히는 정도, 간 조절 등을 달리해야 하거든."

······그렇게까지 세심할 필요는 없지만, 그래도 '본점에서 만든 걸 납품'한다는 핵심에는 근접했다.

본의 아니게 오성환의 지원 사격까지 이어지자 허상윤은 그것 보라는 듯 어깨를 으쓱였다.

"들었지? 형도 그렇게 말하잖아. 이것도 '시스템'이 갖춰지고 나면 어렵지 않을 거라고. 이만하면 문제는 해결됐네."

나는 고개를 저었다.

"아뇨. 그건 어디까지나 기초적인 전제 조건일 뿐이죠."

허상윤이 움찔했다.

"또 있어?"

"지금은 우선, 브랜드 방향성을 생각해야 해요. 형들은 지금 매장에서 제공하는 갓 튀긴 치킨을 표방 중인가요?"

내 말에 오성환과 허상윤은 서로를 쳐다보더니 동시에 고개를 끄덕였다.

"응, 이왕이면 그러는 편이 좋잖아? 솔직히 말해서 방금 성환이 형이 만든 치킨 정도면 점잔 빼고 앉아서 먹어도 될 정도라고 보는데."

"현장에서 갓 튀겨 낸 치킨을 이길 만한 건 좀처럼 없지. 그건 다른 음식도 마찬가지지만."

역시 그런가.

나는 주위를 둘러보며 말을 받았다.

"고급 치킨, 좋죠. 모두 직영점으로 운영되는 치킨이라는 건, 나름대로 경쟁성이 있을 겁니다. 하지만 갓 튀겨 낸 치킨을 전문으로 취급하는 식당이라는 건, 상품성이 좋지 않아요. 조금만 생각해 보면 알 수 있는 일이죠."

직후, 나는 오성환을 보았다.

"성환이 형, 치킨 만드는 데 든 시간이 어느 정도죠?"

오성환은 잠시 머릿속으로 시간을 계산하곤 대답했다.

"밑 준비 시간을 제외하면…… 튀기는 데만 대략 20분 남짓 걸렸지."

"그렇게 오래 걸려요?"

"음, 두 번 정도는 튀겨 줘야 바삭함이 유지되거든. 그래도 부용을 만드는 일이나 다른 것들에 비하면 그리 오래 걸리지도 않는데."

그렇군.

"좋습니다. 그러면 밑 준비는 미리 다 해 둔다고 치고…… 일단 튀기는 시간만을 감안하면 손님은 주문 후 테이블에 앉아 치킨이 나올 때까지 20분가량을 기다리고 있어야겠군요.

물론 미리 예약을 해서 치킨이 나올 시간에 맞춰 식사를 마치고 돌아간다면 그 시간은 단축되겠죠. 하지만 그건 어느 정도의 효용성이 있을까요?"

"……."

운영에 직접적으로 개입하지 않는 오성환은 둘째 치고, 장부를 좀 들여다본 적 있는 허상윤은 생각에 잠긴 얼굴이었다.

"……테이블 회전인가."

"네, 바로 그거예요."

원가 절감이니 뭐니 하지만, 결국 식당 매출을 결정짓는 중요한 요소는 테이블 회전율이다.

게다가 미리 전화를 걸어 예약을 걸고 치킨을 시켜 놓는다?

'그럴 바에는 방문 포장이나 다름없지. 가게 입장에서는 그 편이 낫고.'

나는 재차 말을 이었다.

"여기에 치킨을 먹는 시간까지 생각해 보죠. 두 사람이 한 마리 다 먹는 데 걸리는 시간은 얼마나 될 거 같아요?"

허상윤이 고개를 갸우뚱했다.

"두 사람? 치킨은 1인당 한 마리 아니냐?"

오성환이 고개를 끄덕였다.

"그럼. 치킨은 응당 그래야지."

"……."

이 사람들이, 벌써부터 1인 1닭을.

양 문제는 둘째 치고, 나는 표정 관리에 힘쓰며 다시 말했다.

"뭐, 그러면 시간은 두 배로 들겠네요. 둘이서 한 마리를 먹는 것보다는 한 사람당 한 마리면……."

"테이블당 객단가는 늘어나잖아?"

"……1인 1닭이라는 전제부터 잘못된 걸 짚고 넘어갈걸 그랬나요?"

내가 뱉은 상식 선의 이야기에 허상윤은 입을 다물었고, 나는 고개를 저었다.

"저도 들어서 알고 있는 거지만, 시중에 있는 치킨이라는 건 결국 배달 위주죠?"

'들어서 알고 있다'는 전제를 걸고 들어간 건, 이 시기의 이성진은 배달 치킨을 한 번도 먹어 본 적이 없어서였다.

"뭐, 호프집에서 치킨을 겸하는 경우도 있긴 하지만 결국은 배달 위주인 건 사실이죠. 사실 호프집에서 치킨을 판다는 것도 따지고 보면 주류 및 기타 안주류로 테이블당 회전율을 줄이는 대신 객단가를 높이는 전략이고요. 또, 이때는 가게 입장에서 손님이 오래 앉아 있을수록 이익이죠. 그만큼 술을 많이 시키게 되잖아요?"

술이라는 건 결국 술집에 앉아서 이것저것 주워 먹다 보면 술술 들어가기 마련이니까.

허상윤은 잠시 생각하다가 고개를 끄덕였다.

"즉, 네 말은 이번에 만들 예정인 치킨 프랜차이즈는 결국 배달 위주로 가야 한다는 거냐?"

"네, 치킨이란 결국 배달 위주로 가야 상품성이 있다고 할 수 있어요. 그러지 않으면 이런저런 테이블 회전율을 감안했을 때 가게 유지비도 건지기 힘들겠죠."

허상윤은 턱을 긁적이더니 방금 생각났다는 듯 입을 뗐다.

"아니면, KFC처럼 가는 건 어때?"

그 말에는 오성환이 인상을 찌푸렸다.

"아니, 그건 아예 방향성이 달라. KFC 같은 패스트푸드 체인점 형식의 치킨은 조리 방식과 주안점을 두는 맛 자체가 방금 내가 만든 것과 다르거든. 어쨌건 만들어 두고 보온해서 파는 거다 보니, 아무래도 맛도 떨어지기 마련이고."

오성환도 그쪽 부분은 타협할 생각이 없어 보였다.

"하지만 성진이 말도 일리는 있어. 돈 문제는 차치하더라도 메인 요리가 나오기까지 손님이 기다리는 체감 시간을 줄이는 건 고객 만족도 측면에서 무조건 감안해야 할 요소지. 따지고 보면 애피타이저로 시작하는 코스 요리도 그런 걸 감안한 거고……. 시저스의 경우는 제공하는 뷔페로 메인 디시 외적인 부분을 대신하는 거지만 말이야."

오성환이 말을 이었다.

"게다가 여기서 상윤이 네가 말한 대로 한다면, '치킨 튀기는 기술'에만 특화된 요리사가 별도의 뷔페 메뉴 레시피까지 익혀야 해. 그러자면 그에 따른 직원 교육이며 인건비, 방금 말했던 테이블 회전 쪽도 생각해야 할 테고."

오성환까지 거들고 나서자 허상윤은 쓴웃음을 지었다.

"생각해 보니 그러네요."

"게다가 들으니까 너, 계림에서 직접 닭을 납품받기로 했다며?"

"예."

"그러면 단일 식재료만으로 대량 발주 납품 단가를 맞추려면 시저스처럼 경영해선 안 돼. 작정하고 매장 수를 늘려서 전국적으로 공급이 되게끔 해야 할 거다. 시저스의 경우는 사실상 S&S에서 편의를 봐주고 있는 거고…… 계림은 또 다른 이야기지 않냐?"

"……."

"네가 그쪽이랑 친분이 있다고는 들었지만, 사업은 사업이지. 나만 하더라도 이럭저럭 친하게 지내는 식품 공급 업자는 있지만, 그쪽이 시원찮은 재료를 들고 오면 바로 거래를 끊어 버리거든. 어쨌건 가장 중요한 건 내 요리를 먹어 주는 고객이니까."

그 누구보다 식재료의 중요성을 천명하는 오성환다운 말이었다.

"게다가 업장 입장에서도 꾸준히 안정적으로 대량 발주를 넣으려면 그에 따른 일정 수준 이상의 점포 숫자는 필수야. 그래서 이것저것 고려하기 시작하면 끝이 없긴 하지."

오성환의 추가타가 이어지자 허상윤은 가벼운 한숨을 내쉬더니 어깨를 으쓱이곤 나를 보았다.

"그러면 결국 배달 위주의 치킨 프랜차이즈로 방향을 결정할 수밖에 없겠군. 그러면 처음부터 계획적으로 접근해야 할 테고……."

허상윤이 말을 이었다.

"성진이 네 생각엔 몇 개쯤의 가맹점을 꾸리는 게 적절할 거 같아?"

나는 잠시 생각하다가 빙긋 미소 지었다.

"계림과의 납품 계약도 있으니, 일단 기본적으로 100개 이상은 감안해야 하지 않겠어요?"

"그렇게 많이?"

허상윤은 뜨악한 얼굴까지 해가며 화들짝 놀랐지만, 사실 치킨 프랜차이즈 기준으로 가맹점 100개가량은 많다고 할 수 없다.

전생에만 하더라도 잘 나가는 치킨 프랜차이즈는 국내 점포 수만 1,000 단위를 오갈 정도였으니, 오히려 100개 남짓만 운영하면 제대로 돌아간다고 말하기 어려울 정도다.

더군다나 S&S라고 하면 명색이 신화식품과 해림식품, 그리고 삼광전자의 자회사가 합작해 만든 거대 회사다.

'거기에다가 허상윤이 직접 협상에 나서서 계림에서 식자재를 납품받기로 했고 말이야.'

이런 대기업이 작정하고 덤비겠다는데 정부가 규제를 들먹이며 개입하지 않는 이상, 점포 100개는 우습다.

'또, 지금은 정부의 규제가 느슨한 시기야. 하고자 하면 지금이 적기지.'

허상윤은 눈을 껌뻑였다.

"가맹점 100개라…… 생각보다 스케일이 커지는걸."

"형이 파리 파네의 팝업 스토어처럼 해 보고 싶다고 말했잖아요? 그래 봬도 파리 파네 역시 일종의 공장형 빵집이거든요."

내 말에 허상윤은 고개를 주억거렸다.

"……하긴, 파리 파네의 경우는 냉동 생지로 즉석에서 굽는단 걸 표방하고 있지만, 케이크류는 따로 만든 걸 납품하지. 그렇게 생각해 보면 방향성은 비슷한 거 같아."

아예 사고하는 스케일을 키웠더니 그도 내가 말하려는 바를 얼추 알게 된 듯했다.

"이런 말을 하긴 뭣하지만, 결국은 공장형 대형 프랜차이즈를 지향해야 말이 된다는 건데, 국내 치킨 프랜차이즈 업계 중에 그 정도로 해내는 곳은 아직 없지 않냐?"

"하려면 제대로 해야 하지 않겠어요?"

대한민국 치킨 산업은 2002년 월드컵을 기점으로 급성장을 이룬다.

전생의 근 미래에도 치킨 업계를 이끄는 선두 주자로 남은 곳은 그때를 기점으로 성장했으며, 아직은 햇수가 조금 남았다고 볼 수도 있지만 나는 조만간 닥쳐올 구조조정의 한파 때 특수를 노리고자 했다.

'결과론이긴 하지만, 우리가 만들 치킨 프랜차이즈는 그들에게도 나쁘지 않은 수익을 보장하게 될 테지.'

오성환이 고개를 끄덕였다.

"음, 성진이가 처음부터 기준점을 조금 높이 잡긴 했지만, 나 역시도 결국에는 그 정도를 지향해야 하지 않을까 싶어. 그러자면……."

오성환은 기름이 가득 담긴 솥과 이제 먹기 적당할 정도로 식은 치킨을 번갈아 보았다.

"그에 앞서 선결할 과제 몇 가지가 남는군. 그러자면 배달 전문 업체로 진행해야 할 테고?"

"네."

"그러면 먼저, 어느 정도 배달에 걸리는 시간 동안 식어도 바삭함을 유지하면서 일정 수준의 맛을 유지할 수 있게끔 해야겠군."

그렇게 말하며 오성환은 닭다리 하나를 집어 들더니 그걸 한 입 베어 물었고, 그 닭다리를 채 먹기도 전에 닭가슴살을 집어 맛을 보았다.

"닭가슴살 부위는 잘못 익히면 퍽퍽해지기 쉽지. 그래서 다른 부위와 익히는 시간을 달리할 필요가 있어. 좀 더 제대로 하자면 모든 부위를 부위별로 익히는 시간을 달리해야 하는데…… 그걸 레시피화할 수 있게끔 해야겠군. 그뿐만 아니라."

이어서 오성환은 반죽 물을 손가락으로 찍어 한 입 맛을 보곤 기름까지 찻숟가락으로 덜어 조심스럽게 맛보았다.

"잘만 하면 어떻게든 변수를 줄여 볼 수 있겠어."

변수?

반죽 물과 기름을 맛본 것에 달리 이유가 있는 건가?

허상윤은 오성환의 행동에 고개를 끄덕이고 있었지만, 자취 요리가 고작일 정도로 요리에 문외한인 나로서는 좀처럼 감이 오질 않는 돌발 행동이었다.

오성환은 내 표정을 어떻게 받아들였는지 다소 멋쩍어하는 얼굴로 입을 뗐다.

"안 그래도 나 역시 파리 파네의 방식은 눈여겨보고 있었거든. 전문은 아니지만, 나도 베이커리에 조금 관심이 있는 편이고."

그 말을 들으며 나는 언젠가 오성환이 선보였던 티라미수를 떠올렸다.

'그거, 맛있었지.'

한편으론 그때 내 몸에 나타나는 커피의 부작용을 처음으로 알게 되었지만.

'묘한 흥분 상태가 나타났어.'

커피가 가져다주는 고양감은 나로 하여금 욱하는 충동성을 불러왔고, 또한 그날 밤잠을 설치게 만들었다.

'결국 이번 생에는 커피를 끊어야 했지만.'

동시에 그 당시만 하더라도 시저스를 삼풍백화점에 입점을 하니 마니 하던 것이 생각나서, 내게 별거 아닌 격세지감을 느끼게 했다.

오성환이 말을 이었다.

"베이커리는 정확한 계량이 가장 중요하니까 그 변수를 줄이기 위해 여러 방면으로 손을 쓰지. 그래서 내가 알기로는 현재 팝업 스토어 형태로 영업 중인 파리 파네의 경우, 본사에서 내려오는 레시피 지침을 철저하게 따르도록 교육하고 있다는 이야길 들었어."

제니퍼에게 들은 모양이군.

파리 파네의 경우, 해림식품에서 고용한 제빵 장인이 레시피를 만들어 해림식품을 통해 각 지점에 재료를 공급하고 있다.

'그런 걸 보면 해림식품의 정대성이 미리 준비했다는 것도 마냥 빈말은 아닌데 말이야.'

나는 고개를 끄덕였다.

"들으니 그렇다고 하더라고요."

"응. 그러니 이번 치킨 프랜차이즈도 마찬가지로, 파리 파네가 하는 것처럼 체계적인 공정을 갖춰 두면 가맹점마다 생길 수 있는 맛 차이를 줄일 수 있겠다, 싶더군."

허상윤이 오성환을 보았다.

"그러면 형 생각에는 반죽 물과 사용하는 기름까지도 본점에서 공급해야 한다고 보세요?"

"응. 반죽은 물론이고 기름에도 맛이 배기 마련이니까."

오성환이 말을 이었다.

"시저스 본점에서 선보이고 있는 감바스 알 아히요도 올리브기름에 이런저런 밑간을 하고 있잖아? 그 기름에 자연스럽게 해산물 맛이 배게끔 이런저런 준비를 해 두고 그걸 손님상에 올라가게 만들고 있지."

감바스 알 아히요?

요즘 시저스 본점 출입을 하지 않았더니 좀처럼 들어 본 적 없는 요리까지 나온 모양이었다.

"아, 맞아요. 알리오 올리오도 올리브기름에 마늘 향을 어떻게 입히느냐에 따라 맛이 달라지니까요."

허상윤은 오성환의 말을 재깍 알아들은 모양이었다.

알리오 올리오가 뭔지는 나도 안다.

나 역시 전생에 약혼자의 등쌀에 밀려 파스타집은 뻔질나게 들락거렸으니까.

허상윤이 말을 이었다.

"그러면 처음부터 점포 100개를 염두에 두고 일을 진행해야겠군요. 관건은 변수를 줄이고, 누가 만들어도 본점의 맛이 나게끔……."

"그래. 우리 사장님 말마따나 상윤이 네가 만들어도 내가 만든 것과 비슷한 수준의 맛이 나게끔 해야겠지."

그러면서 오성환은 씩 웃는 얼굴로 나를 보았다.

"뭐, 동시에 그게 우리 사장님 취향에 맞게끔 맛도 개선하고."

"……."

오성환이 튀겨 낸 치킨이 맛이 없다는 의미는 아니었는데, 내 심심한 반응이 그로 하여금 의욕에 불을 붙인 모양이었다.

'나도 오성환이 만든 다른 요리는 좋아하는데 말이야.

허상윤이 나를 보면서 한숨을 내쉬었다.

"그러면 소스 개발은 한참 뒷전으로 밀려나겠군. 갈 길이 멀어."

나는 그런 허상윤을 향해 미소를 지어 보였다.

"형도 말했잖아요? 후라이드가 기본이라고요. 게다가 뭐든 시작이 반이라고 했으니까, 첫 난관만 극복하면 이후는 술술 풀릴 거예요."

"……너, 남의 일이라고 너무 쉽게 말하는 거 아니냐?"

남 일은 무슨.

결국엔 거기 들어가는 각종 부재료 확보며 유통, 설비 및 인테리어, 상표 특허에 사업자 등록까지 죄다 내 쪽에서 할 일인데.

하지만 한편으로는 시의 적절하게 이들을 찾아온 보람이 있었다.

치킨이 내 취향으로 튀겨지거나 말거나 하는 건 부차적인 문제였지만, 내겐 이들로 하여금 '대형 프랜차이즈'로서 지향해야 할 패러다임을 제시한 것이 더 큰 수확이었다.

'그 영향은 고스란히 시저스에도 이어지겠지.'

더욱이 잘만 하면, 이번 생에는 대한민국이 치킨 공화국으로 거듭나게 될 시기도 앞당길 수 있을 것이다.

'기대해 봐도 좋겠어.'

조설훈이 탄 차가 길목을 빠져나가자마자 정진건이 모는 차가 그 뒤를 쫓기 시작했다.

"아무래도 우리 영감님이 제대로 화를 돋운 모양이요잉."

조수석의 박순길이 너스레를 떨었고, 뒷좌석의 방승혁이 담담한 말씨로 끼어들었다.

"그런데 조설훈이 생각대로 움직여 줄까요?"

정진건은 핸들을 꺾으며 중얼거렸다.

"어쩌겠습니까. 지금으로서는 검사님 생각이 맞아떨어지길 기다릴 수밖에 없죠."

그들은 사전에 김보성과 짜고 조설훈과 김보성의 만남이 어떻게 이어질지 기다리고 있었다.

김보성은 광수대 내부에서 '평소와 다른 움직임'이 생겨나게 되면 그 변수를 줄이기 위해 조설훈이 어떻게든 움직일 것이라고 예상했다.

그 과정에서 조설훈은 광수대 내부에 심어 둔 내통자를 통해 정보를 얻어 내려 할 수도 있으리라.

거기에 약간의 취기가 더해지면 천하의 조설훈도 방심하는 순간이 올 것이라고, 김보성은 생각했다.

마침 운이 따라 준 걸까, 조설훈은 김보성과 만나기 전부터 제법 취기가 돌았다.

그래서 김보성은 당초 계획했던 것보다 일찍 조설훈을 도발했고, 그는 짐작한 대로 자리를 박차고 나갔다.

이는 평소의 김보성이라면 좀처럼 하지 않을 도박수였지만, 어차피 언젠가는 조설훈과 담판을 지어야 할 때였다.

현 상황에서 모을 수 있을 만한 증거는 모두 모였으니, 조설훈 개인에게 변수를 가해 그 행동거지에 변화를 주면 뭐라도 걸려들지 않겠는가 하는 것이 김보성의 계획이었다.

'막말로 이대로 집에 돌아가 버릴 수도 있겠지만…….'

정진건은 차 두 대를 간격으로 앞서가는 조설훈의 세단을 보며 생각했다.

'오늘 하루는 그에게도 힘든 하루였겠지. 지금은 거기 걸어 보는 수밖에.'

그리고 차는 신호를 받아 갈림길에 섰다.

'여기서 좌측으로 꺾으면 조설훈의 집으로 가는 길인데……'

초록불이 들어오고, 조설훈의 차는 직진을 했다.

그는 지금 집으로 갈 생각이 없었다.

정면을 예의주시하던 일행의 굳은 얼굴이 조금 풀어졌다.

"아직 안심하긴 이릅니다."

방승혁이 스스로에게 당부하듯 입을 뗐다.

"어쩌면 단골 술집에서 홀로 술이나 홀짝이려는 걸지도 모르지 않겠습니까?"

"아따, 그라믄 거시기, 실낙원인가 뭔가 하는 술집 말이요?"

"……이미 한 번 갔던 곳을 또 가지는 않겠죠. 술꾼이란 그런 법 아니겠습니까."

방승혁의 이야기를 들으며 박순길이 싱글벙글 웃었다.

"말씀을 들응께 우리 계장님도 술 좋아하시나 봅니다잉?"

"……싫어하지는 않습니다."

"흐흐, 그라믄 이 사건 다 마무리 짓고 다 함께 술이나 한 잔 마십시다."

그때 정진건이 입을 열었다.

"잠시."

정진건은 서서히 속도를 줄였다.

"차가 보도 쪽으로 가는군요."

조설훈의 차가 속도를 줄이며 길가를 향했다.

미행이 들킨……것 같지는 않았다.

아마, 누군가를 중간에 태우기 위해서이리라.

"저 대신 확인 좀 해 주시겠습니까?"

두말할 것도 없다.

조설훈의 차가 깜빡이를 넣으며 길가에 멈춰 섰고, 정진건
이 모는 차가 조설훈의 세단을 부드럽게 추월해 가는 사이,
어둠 속에서 조설훈의 차에 누군가가 올라타는 모습이 포착
되었다.

"……확인은 됐습니까?"

"쯧, 어두워서 안 보이요. 밤눈이 어두워서라……."

그놈의 선글라스를 안 벗으니 그렇지.

정진건은 쫑코를 놓으려다 말고 방승혁을 돌아보았다.

"계장님은 보셨습니까?"

방승혁이 고개를 끄덕였다.

"예. 잘못 본 게 아니라면…… 배성준 형사님 같더군요."

'배성준이 조설훈의 차에 올라탔다'라.

'아무래도 쁘락치는 배성준 형사였던 모양이군.'

정진건은 딱딱하게 굳은 얼굴로 입을 뗐다.

"크게 한 바퀴 돌겠습니다."

정진건이 모는 차는 교차로를 끼고 부드럽게 돌기 시작했다.

"타시오."

배성준은 묵묵히 뒷좌석에 올라탔다.

조설훈은 옆자리에 앉은 배성준에게 시선조차 돌리지 않고 말을 이었다.

"요즘 별다른 정보가 없던데, 내부에서 별일은 없소?"

"……박상대의 사망 이후 줄곧 같은 상태입니다."

배성준은 이제 광수대가 해체될 조짐까지 보인다는 말을 하려다가 말았다.

구태여 미주알고주알 보고할 필요도 없는 일은 하지 않는다.

"……확실한 겁니까?"

조설훈과 악연을 맺은 지도 적잖은 시간이 흘러 있었지만, 그와 얼굴을 마주하고 만난 건 손에 꼽을 정도였다.

신중한 성격의 조설훈은 연락할 일이 있으면 대리인을 시키거나 정 급할 때면 전화를 통했다. 이는 배성준에게도 바람직한 것이었다.

아무래도 꼬리가 길면 밟히는 법이니까. 그건 배성준뿐만 아니라 청탁하는 조설훈에게도 불리할 수 있었다.

조설훈 역시도 그걸 잘 알고 있어서 배성준을 제 편으로 끌어들인 뒤로도 좀처럼 연락을 하지 않는 편이었다.

조설훈은 그가 타 조직에 심어 둔 여러 내통자들에게 하듯 꼭 필요한 순간에만 사용하는 조커로 배성준을 사용해 왔고, 그럴 때면 정기적으로 지출하는 돈에 얹어 그에 향응하는 합당한 대가를 지불했다.

조설훈은 그럼에도 좀처럼 선을 넘지 않는 선에서 부탁을 해 왔다.

최근에는 이런저런 일로 '부탁'하는 일이 잦았으나, 그것도 아슬아슬한 선에서 그쳤다.

그나마 지동훈이며 김수영이 조세광과 어울려 다니는 사이라는 수사 기록을 누락한 것이 가장 큰 부탁일 정도로, 그 역시 잡아떼려고 하면 얼마든지 잡아뗄 수 있는 요소였다.

그런 조설훈이 오늘은 어쩐 일인지 배성준을 직접 호출해 만남을 청한 것이다.

그것도 제법 취기가 있는 상태에서.

배성준이 알기로, 자기관리가 철저한 편인 조설훈은 취할 정도로 마시지 않는 부류였다.

'혹시, 조지훈과 손잡고 있는 걸 들킨 건가.'

조설훈과 내통 중인 것과 별개로, 배성준은 조지훈과도 내통 중이었다.

'……요즘 부쩍 어울려 다니는 것 같더니, 조지훈 그놈이 흘린 건가.'

배성준은 조설훈의 갑작스러운 호출에 담긴 저의를 생각하면서 되물었다.

"그런데 오늘은 무슨 일로 저를 보자고 하신 겁니까?"

의도적으로 담은 사무적인 어조에 조설훈은 피식 웃었다.

"최근 들어 그쪽 일에 소홀한 것은 아닌가, 하는 생각이 들어서 말이오."

"그쪽 일이라 하심은……."

"그야 당연히 경찰 일 말이오."

다행히 조지훈과 내통 중이라는 건 눈치채지 못한 것 같았지만, 그 입에서 나온 말은 그런대로 불쾌한 것이었다.

조설훈이 자신의 공적 업무 태도가 어떻다든가 왈가왈부하는 건, 둘 사이에 그어진 선을 넘은 행위였다.

배성준은 언짢음을 감추지 않으며 말을 받았다.

"……빙 둘러대지 말고 하시려는 말씀이 있거든 확실히 해주셨으면 합니다만."

운전기사가 움찔했다.

조설훈 역시 눈썹을 씰룩였다.

둘의 관계는 상하관계가 아니라는 걸, 배성준은 이 자리에서 언질을 준 것이다.

조설훈은 무표정한 얼굴로 창문을 내리더니 담배를 입에 물었다.

"불 있소?"

"……."

다른 사람 같으면 재깍 불을 붙여 주었겠지만, 배성준은 그러지 않았다.

불러서 나오기는 했지만, 그렇다고 해서 내가 당신의 부하는 아니라는, 일종의 주도권 싸움인 것이다.

조설훈은 기 싸움을 이어 가지 않고 뒷좌석의 시거 잭을 꾹 눌렀다.

"이게 예열에 시간이 걸려서."

시거 잭이 예열되는 사이, 둘은 아무런 말도 하지 않았다.

이윽고 예열을 마친 시거 잭이 툭 튀어나오고 조설훈은 담뱃불을 붙인 뒤 연기를 뿜었다.

"후우."

담배 연기는 차 천장에 고일 새도 없이 조설훈이 열어 둔 창문으로 슉 빠져나갔다.

조설훈은 배성준에게 시거 잭을 겨누며, 다른 손으론 담배를 권했다.

"불이 남았는데, 피우시겠소?"

"……받겠습니다."

이번에는 조설훈이 굽히고 들어온다고 생각하며 배성준은 담배를 받았다.

조설훈은 시거 잭으로 불을 붙여 준 뒤, 시거 잭을 까딱이며 입을 뗐다.

"방금 김보성 검사를 만나고 오는 길이오."

그 말에 배성준은 담배 연기가 기도로 넘어갈 뻔한 걸 간신히 참을 수 있었다.

"……김보성 검사를요?"

"음, 불러서 갔더니 싸움을 걸어왔소."

조설훈은 피식 웃으며 말을 이었다.

"내가 박상대와 유착이 있었으리라 생각하고 시비를 걸어 오지 뭐요. 최후의 발악인지 뭔지."

"……."

김보성이 조설훈을 직접 만나 '시비'를 걸었다라.

이는 배성준도 처음 듣는 이야기였다.

김보성은 사건이 다 끝나 가는 마당인 지금에 이르러서까지 끈질기게 이번 일을 놓지 않은 채 붙들고 있었다.

검찰은 언제나 인력난에 시달린다.

검사는 대개 몇 개의 사건을 동시에 수행하기 마련인데, 유능한 검사가 몇 달이고 두어 개가량의 사건을 붙들고만 있으면 주위의 보는 시선이 고까워지기 마련이었다.

해서, 배성준은 그런 김보성의 집착이 윗선의 개입으로 흐지부지될 날도 머지않았다는 생각을 하고 있었다.

그렇다고 이 일에 손 놓고 있는 배성준이 한가하다는 의미는 아니다.

지금은 광수대에 소속되어 있지만 본래는 어디까지나 Y서 소속이었고, 베테랑인 배성준이 아니면 진행되지 않을 일도 부지기수였다.

그런데 오늘 김보성이 조설훈을 찾았으며, 배성준은 그런 사실을 방금 전에야 알았다.

그런 의미에서 '그쪽 일에 소홀'했다고 하면, 배성준으로서도 할 말이 없었다.

배성준의 표정을 살핀 조설훈이 비릿한 미소를 지으며 물었다.

"그래서 배 형사님. 김보성 검사가 이렇게 나오는 이유가 뭐라고 생각하오? 그쪽 생각이 무척이나 궁금한데."

"……."

조설훈은 대답을 바라지도 않았다는 양 재차 말을 이었다.

"오늘 아버지가 중환자실에 입원했소."

갑작스러운 화제 전환에 배성준은 위로를 건네야 할지 고개를 끄덕여야 할지 몰라 아무 반응도 하지 않았고, 조설훈은 아랑곳하지 않은 채 말을 이어 갔다.

"그런데 김보성 검사는 그걸 알고 있더군."

조설훈이 손가락 사이에 끼운 시거 잭을 물끄러미 쳐다보았다.

"그걸 어떻게 알았을까⋯⋯. 내가 알기로 광수대란 곳에서도 우리 조광 쪽 수사는 배 형사님이 전담하시는 걸로 아는데, 설마하니 배 형사님이 그걸 일러바쳤을 리는 없고. 혹시 김보성 검사가 수사 업무에서 배 형사님을 배제해 버린 건 아니오?"

그렇지는 않⋯⋯을 것이다.

배성준이 확신하지 못하고 대답을 망설이는 기색이자, 조설훈이 픽 웃었다.

"농담이오, 농담. 어쩌다 보니 우연히 주워들었겠지. 다만."

조설훈이 미소를 거두었다.

"김보성 검사가 배 형사님을 높이 사고 있지는 않는 모양이오."

"⋯⋯."

"뭐, 엄밀히 따지면 피차 직속 상사나 부하도 아닌 입장이니 그건 둘째 칩시다. 그래도 거기 딸린 수사관들만 데리고는 할 수 있는 일에 한계가 있을 텐데⋯⋯ 광수대 안에서 그자가 달리 중용하고 있는 경찰이 있소?"

조설훈의 질문은 퍽 불쾌한 것이긴 했지만, 관련해 배성준은 생각한 바가 있어 대답했다.

"정진건 형사라고, 있긴 있습니다."

"흐음?"

정말로 대답을 기대한 건 아닌 모양인지—그 태도에 배성준은 다시 한번 불쾌감을 느꼈지만—조설훈이 흥미를 보였다.

"그게 누구요?"

"……××경찰서 소속 형사입니다. 들으니 딸아이가 김보성 검사의 자녀와 같은 학교에 재학 중이라고 합니다."

그건 그것대로 공교로운 일이군.

조설훈은 쓴웃음을 지었다.

"배 형사님 보기에 둘은 어떻소?"

"……저에 비하면 가까운 사이라고 할 수 있겠지요."

만약 배성준이 '자신의 업무'에 좀 더 충실한 남자였다면 여기서 둘 사이의 접점에 있는 이성진을 언급했을 수도 있겠지만, 그도 거기까지는 알지 못했다.

조설훈 역시도 그가 전한 말에서 이를 '끈 떨어진 연'이라 생각한 김보성이 조직 내에 신뢰할 만한 인물이 있었다'는 달갑지 않은 우연 정도로만 치부하며 배성준의 말을 받았다.

"……그렇다면 이 상황에 그나마 자식의 인맥을 동원해서 마지막 방향키를 잡고 있는 것이라고 보아도 무방하겠군. 그렇지 않소?"

"……."

배성준은 대답하지 않았지만, 조설훈도 그 침묵을 상관하지 않았다.

이미 유명무실해지는 직전 단계까지 온 광수대이니, 김보성도 그래야만 할 것이라고 생각했다.

그러잖아도 서로가 서로를 견제하기 일쑤인 검경의 관계에서, 광수대는 그 삐거덕거리는 사이를 해결하지 않은 채 청장의 권한으로 결성된 조직이었다.

이런 상황이라면 광수대라는 조직을 창설했던 입장을 가진 경찰이 수사 지휘권을 가진 검찰의 명령에 불복하고 뻗대는 일도 불가능하지는 않은 것이다.

'보아하니 검찰총장도 여당에 줄을 대려는 모양이고, 이 지지부진한 조직이 발목을 붙잡는 상황을 원치 않겠지.'

잘만 하면 광수대는 정치권에 일격을 가하며 그 입지를 세울 수도 있었겠지만, 이 급조한 조직은 박상대의 갑작스러운 죽음과 함께 설 타이밍을 놓치고 말았다.

그렇다고는 하나, 김보성의 선전포고는 조설훈에게 퍽 불쾌한 것이었다.

'쯧, 적당히 먹고 나가떨어질 줄도 알아야 하거늘.'

쯧, 하고 혀를 찬 조설훈이 말을 이었다.

"됐소. 그러면 배 형사님은 평소대로 해 주십시오."

"평소대로라고 하심은."

조설훈은 슬쩍 짜증을 냈다.

"무언가 주목할 만한 움직임이 있거든 알려 달란 의미요."

"······."

"용건은 끝이오. 댁까지 바래다 드릴까?"

조설훈은 그제야 시거 잭을 내려놓았지만, 이제는 슬슬 반말을 섞는 빈도가 늘어 갔다.

그게 조설훈의 취기 때문이라고 생각하려 해도, 취중진담이라 하지 않았는가, 배성준은 조설훈이 숫제 자신을 부하나 장기짝 취급하고 있는 것이라 느꼈다.

"괜찮습니다. 여기서 내려 주십시오."

조설훈은 고개를 끄덕이더니 배성준을 쳐다보지도 않고 운전수에게 명령했다.

"가신다고 하니 적당한 곳에 차 세워라."

"예, 사장님."

운전기사는 인적이라곤 없는 어느 교차로에 차를 세웠고, 배성준은 문을 열었다.

"······살펴 가십시오."

차에서 내린 배성준이 문을 닫으려고 할 때, 조설훈이 입을 열었다.

"잠깐."

조설훈은 주머니에서 지갑을 꺼내 지폐 뭉치를 잡히는 대로 뽑아 배성준에게 건넸다.

"택시라도 타고 가시오."

"……."

적선이라도 받는 듯, 불쾌한 느낌이었다.

하지만 배성준은 이 자리에서 조설훈이 내민 돈을 받는 것이 그나마 이 불편한 자리에서 할 수 있는 최선의 선택임을 잘 알았다.

배성준은 묵묵히 그가 내민 돈을 챙겼고, 조설훈이 씩 웃었다.

"그러면 수고하시오.'"

"……."

텅.

배성준이 문을 닫자마자 차는 지체 없이 출발했다.

배성준은 멀어지는 차를 보며 손에 들린 지폐가 구겨질 정도로 꽉 쥐었다.

'……빌어먹을.'

암만 이미 강은 건너고 말았다지만.

'갈수록 수렁에 빠져드는 기분이군…….'

그 순간 배성준은 자신을 스치고 지나가는 자동차를 보았다.

'……음?'

비록 부패 경찰이라고는 하나, 형사로서는 베테랑인 배성준이었다.

이걸 직업병이라고 불러야 할지, 모멸과 분노에 휩싸인 와중에도 그 관찰력과 눈썰미는 저 멀리 모퉁이를 도는 차를 놓치지 않았다.

'……저 차는.'

분명, 정진건 형사가 모는 차였다.

배성준은 그 차가 멀리서부터 자신과 조설훈을 미행하고 있었단 걸 단박에 눈치챘지만, 그가 눈치챘다는 것을 모르게끔 시선을 내리깔았다.

'아무래도 꼬리가 길었던 모양이군.'

이제 슬슬.

저들과 맞잡았던 손을 뗄 때가 된 듯했다.

바닥을 보는 배성준의 눈이 예리하게 빛났다.

"아무래도 저거, 배성준 형사가 맞는 거 같지라."

다시 고개를 돌린 박순길의 말에 운전대를 쥔 정진건의 얼굴은 딱딱하게 굳었다.

아무리 혐의를 두고 있었다지만, 역시 동료 경찰의 배신은 달갑지 않았다.

"그라믄 쁘락치는 배성준 형사였단 걸로 낙찰인감……."

그래서일까, 정진건은 박순길의 별 의도 없는 혼잣말도 불편하게 느껴졌다.

그때, 박순길의 핸드폰이 울렸다.

"아따, 이 오밤중에…… 잠시 실례 좀 하겠소잉."

박순길이 전화를 받았다.

"여보시오."

이윽고 수화기 너머로 들리는 내용을 들은 박순길은 전화기에서 귀를 떼고 목소리를 낮췄다.

"김 대표요."

도깨비 신문의 김기환에게서 온 전화였다.

'타이밍 한번 기가 막히는군.'

그러잖아도 그에게는 광수대 내부의 내통자를 조사해 달란 의뢰를 했던 차였다.

뒤이어 박순길은 고개를 끄덕여 가며 맞장구를 치더니 길지 않은 통화를 마쳤다.

"좋은 소식이요."

박순길이 씩 웃으며 핸드폰을 덮었다.

"마침 김 대표가 조사를 마쳤다는구마잉."

결과는 듣지 않아도 될 듯했다.

"김 대표님이 시간 나면 들러 달라고 하던데, 어쩌시겠소잉?"

박순길의 말에 정진건은 슬쩍 고개를 돌려 뒷좌석의 방승혁을 보았다.

"시간 괜찮으십니까?"

방승혁이 고개를 끄덕였다.

"문제없습니다."

사실 이미 퇴근 시간도 한참 전에 지나 있었지만, 이들 직군 중에 추가 근무가 어떻다든가 발언하는 이는 여기엔 없었다.

"그러면 도깨비 신문 사무실로 가겠습니다."

정진건이 모는 차는 그대로 방향을 틀어 도깨비 신문 사무실로 향했다.

가는 길에 방승혁이 물었다.

"도깨비 신문의 김기환 대표님에게 협조를 구했다고는 들었습니다만, 이번 도청기 녹취본도 그분이 제공하셨죠?"

박순길이 대답했다.

"예. 그라고 보니 저도 서울로 돌아오자마자 김 대표님을 만나 뵙지 않았겠소……. 아따, 생각해 보니 오늘이 두 번째 만남이구마잉."

박순길은 시트에 등을 묻었다.

"꽤나 긴 하루가 될 거라고 생각은 했소만, 일 돌아가는 게 쪼까 그라요."

넋두리를 늘어놓은 박순길이 재차 말을 이었다.

"암튼 간에, 잠깐 전화로 들었는디 김 대표님 말씀으론 배 형사의 아내분이 암 투병할 때 '새싹모금운동본부'라는 곳에서 병원비를 대 줬다 하요."

방승혁이 맞장구를 쳤다.

"새싹모금운동본부, 저희 검사님께 들은 기억이 납니다."

"예에. 또 거시기, 보소, 뭐라 하셨드라, 그게 박상대가 서울시장 비서직으로 있을 때 승인된 단체였다 하셨지요?"

방승혁이 고개를 끄덕였다.

"그랬습니다."

"보니까 조광이 그짝에다가 정기적으로 후원을 했다 하요."

"우연의 일치……치고는 퍽 공교롭군요."

"그라요. 퍽이나 공교로운 일이요. 뭐 아무래도 사정이 딱한 쪽이 심사에 우선권이 가긴 하겠지만서두, 세상천지에 그런 사람이 어디 한둘이당가……."

박순길은 쓴웃음을 지었다.

"자세한 건 김 대표님이 알려 주신다 하니, 정확한 건 그짝으로 가다가 들어 보도록 하십시다."

"……예."

그리고 셋은 도깨비 신문으로 가는 사이 아무런 말도 하지 않았다.

오늘 하루를 두고 각자가 생각한 바를 정리하는 걸까, 아니면 갑자기 밀려온 피로감 때문이었을까.

어쩌면 그 모든 것이 포함되어 있을지도 모른다.

마침 강남에 있어서였는지, 도깨비 신문이 있는 빌딩까진 금방이었다.

세 사람은 차에서 내려 빌딩 지하로 내려갔다.

연식이 있는 허름한 건물이었음에도 불구하고 비치된 컴퓨터 기기는 모두 최신품이었다.

이 중에서 그걸 알아본 건 방승혁이 유일했지만 그는 관련해서 말을 하진 않고, 다만 김보성이 스치듯 언급했던 '도깨비 신문의 투자자 이성진'을 생각했다.

'우리 검사님은 팔이 안으로 굽어 냉정하게 보실 수 없는 모양이지만, 아무래도 이 모든 일은 이성진이라는 소년과 연결되어 있을 것 같군.'

직원들이 모두 퇴근하고 텅 빈 사무실에 홀로 남아 있던 김기환이 이들을 반겼다.

"어서 오십시오. 일찍 오셨군요."

김기환의 말에 정진건은 짧게 고개를 끄덕였다.

"예, 마침 근처여서."

"잘 오셨습니다. 아무래도 전화로는 길게 말씀드리기 어려워서요."

그렇게 말하며 김기환은 방승혁을 보았다.

"그나저나 처음 뵙는 분도 계신데……."

"동부지검 소속 방승혁 계장입니다."

"아, 그러면 김보성 검사님의…… 처음 뵙겠습니다. 도깨비 신문 대표인 김기환이라고 합니다."

그 인사 속에 방승혁과 달리 경계하는 기색은 없었다.

인사를 마친 김기환은 이어서 그들 앞에 박스를 내려놓았다.

어째, 오늘 처음 나온 이야기였음에도 불구하고 그러모은 자료가 제법 많았다.

그 시선을 의식했는지, 김기환은 시키지도 않았는데 픽 웃으며 실토했다.

"마침 예전에 박상대 쪽을 뒤지느라 모아 둔 자료가 있었거든요. 말씀해 주신 것에서 단서를 잡고 출발해 보니 의외로 금방 발견할 수 있었습니다."

그러면서 김기환은 박스 어귀에 있던 서류 뭉치를 꺼내 책상 위에 놓았다.

"박상대는 서울시장 비서직으로 재직하던 시절, 시민 단체의 설립 승인을 두루 맡아 왔습니다. 전화로 말씀드린 새싹모금운동본부라는 곳도 그중 하나죠."

정진건은 김기환의 이야기를 들으며 서류를 살폈다.

"박 형사님께 들으니 해당 단체는 조광이 후원하고 있다던데요."

정진건의 말에 김기환이 고개를 끄덕였다.

"예, 정확히는 재단 이사장인 허승진 변호사를 통한 것으로…… 허승진 변호사는 민변 쪽에서 제법 이름이 높죠. 여기에 직접적인 연관성은 아직 찾는 중입니다만, 조광 그룹의 고문 변호사 중에 박원효라는 인물이 있는데, 이 사람은 허승진 변호사의 사법연수원 시절 동문이기도 합니다."

김기환이 쓴웃음을 지으며 말을 이었다.

"아시다시피 무릇 기업 고문이라는 직함은 없어서 못 맡는 자리이기도 하죠. 이건 여기서만 드리는 말씀인데, 아마 이 사건이 재판까지 가면 박원효가 그 인맥을 써서 전관예우 카드를 써먹게 될 겁니다."

김기환이 이야기한 법조계의 관행—그리고 자신의 상사가 겪게 될지 모를 불리한 과정—에 방승혁은 불쾌감을 감추며 슬쩍 화제를 돌렸다.

"하지만 조광과 재단의 유착은 아직 정황 근거에 불과해 보이는군요. 한 해에 쏟아져 나오는 사법시험 합격자 중 한 사람일 뿐이고요."

"뭐, 맞는 말씀입니다. 하지만 박원효와 허승진이 사돈 관계라는 건 조금 공교롭죠."

"……"

방승혁의 침묵을 뒤로하고 김기환이 말을 이었다.

"아무튼 이 새싹모금운동본부의 경영에도 다소 문제는 있어 보입니다. 보아하니 허승진 변호사가 근래 차를 뽑았더군요. 그것도 독일제 세단으로……. 저도 몰랐는데, 민변이 돈을 제법 잘 버는 모양입니다."

"……어쨌건, 배성준 형사님의 아내분이 새싹모금운동본

부를 통해 치료비를 지원받은 것 자체는 사실입니까?”

김기환이 고개를 끄덕였다.

“예. 그리고 그 전에 배성준 형사는 제2 금융권 대출을 알아본 기록이 있더군요. 대출은 조회만 해도 그 흔적이 남으니 말입니다. 해당 시기는 아내분의 입원 일자와 근접해 있었고, 그로부터 며칠 지나지 않아서 그분은 새싹모금운동본부를 통해 수혜자로 선정되었습니다.”

김기환이 박스에서 다른 서류를 꺼내 들었다.

“이 시기, 조광으로부터 대규모 기부금 전달이 있었죠. 신문 구석에 조그맣게 실린 내용이긴 합니다만, 허승진 이사장의 인터뷰, 그리고 조광의 사회 공헌…… 같은 것이 있습니다.

그 서류 속에는 신문을 오려 붙인 스크랩이 있었다.

하루아침에 조사해서 나오는 분량과 깊이가 아니니, 그의 말마따나 김기환은 박상대를 목표로 제법 오랫동안 이 일에 매진해 온 듯했다.

이만하면 아예 박상대와 조광을 치기 위한 목적으로 설립한 회사라고 해도 과언이 아닌 것 같다고, 방승혁은 생각했다.

“그라믄요, 김 대표님.”

박순길이 입을 뗐다.

“내용은 그렇다 치고, 배 형사 와이프가 요 단체 기부금 수혜자로 선정된 것은 그저 '우연'이라거나 미담 정도로는 볼 수 없는 거요?"

"그쪽도 알아보았습니다."

김기환이 박스를 뒤적이며 말을 받았다.

"배 형사가 소속된 Y서는 오랫동안 조광을 전담해 왔더군요. 그리고 배 형사는 그 Y서에서 조광의 각종 불법적인 사업…… 뭐, 아주 불법은 아닙니다만, 이를테면 나이트클럽 영업 허가 관련한 거라든가, 거기서 삥땅치는 술병 개수 까지 이래저래 자잘한 탈세까지 탈탈 털어 온 분이었습니다."

박순길이 고개를 끄덕였다.

"아무래도 조광 입장에서는 목구멍에 박힌 굴비 가시 같은 거지라."

"그럴 겁니다.

"……그라믄 배 형사는 거시기, 치료비를 받아 뿔고 나선 눈을 좀 감아 줬다등가 한 거요?"

김기환이 고개를 저었다.

"그 반대입니다. 자잘하게 잽을 넣던 배성준 형사는 오히려 좀 더 굵직한 것을 해결하기 시작했죠."

들여다보고 있는 서류 페이지가 받아 든 줄곧 그대로인 정진건은 김기환의 이야기를 들으며 묵묵히 고개를 끄덕였다.

Y서의 배성준 형사라고 하면, 실적이 높기로 유명한 베테랑이었다.

'하지만 그 실적이란 사실상 차도살인이었군.'

조광의 경쟁 상대, 또는 조광의 두 형제가 경영하는 업장이 아닌 그룹 내 다른 파벌의 업소.

치료비가 입금된 이후 배성준의 표적은 조광의 머리에서 자잘한 손발로 옮겨 간 것이다.

대놓고 덮어 준다면 누구나 의심을 할 테지만, 조광과 배성준의 유착은 그런 식으로 이루어지지 않았다.

'즉, 조광으로서는 배성준 형사를 끌어들이는 것으로 두 마리 토끼를 잡은 셈인가.'

정진건의 생각을 뒤로하고 김기환의 말이 이어졌다.

"그 뒤, 조광의 사업장이 확대되고 경쟁 상대는 도태되기 시작했습니다. 단기적으로는 표가 나지 않는 것들이었습니다만, 지금 와서 종합해 돌아보면 당시엔 안 보이는 것들이 있기 마련이죠."

김기환의 말에 박순길이 혀를 내둘렀다.

"아따, 제대로구마잉. 하면, 배 형사는 와이프 병원비에 덤으로 실적은 실적대로 챙겼다는 거 아니요?"

"그렇게 되는군요. 다만 애석하게도 아내분은 들인 치료와 무관하게 투병 중 작고하셨지만 말입니다."

"……흐미."

박순길이 혀를 찼다.

"배 형사 본인으로선 쓸데없는 걸 한 셈이요."

"글쎄요, 딱히 그렇지만도 않겠죠. 어쨌건 실적은 남지 않았습니까?"

그 이야기를 들으며 언짢음을 참다못한 정진건이 고개를 들었다.

"대표님."

"아, 예. 말씀하시죠."

정진건은 욱해서 말을 꺼내긴 했으나, 그를 힐난할 생각은 없었다.

그건 부외자이기에 가능한 이야기였고, 윤리적으로도 엇나가지 않은 담론이었다.

정진건은 생각하다가, 스스로 생각하기에도 조금 선을 넘는 것 같은 부탁을 했다.

"배 형사님 건은 경찰 내부에서 해결할 테니, 기사화는 하지 말아 주셨으면 합니다."

정진건의 말에 김기환은 그를 물끄러미 쳐다보았다.

"부탁입니까?"

"그렇습니다."

그제야 김기환도 미소를 거두며 정진건을 보았다.

둘 사이에 묘한 기류가 흘렀고, 박순길이 그 사이로 끼어들었다.

"예에, 거시기, 저도 정 형사 말씀대로 해 주셨으면 하요. 장기적으로는 대표님께도 해 되는 이야기는 아닝께."

박순길의 말에 둘은 그를 보았고, 박순길은 머리를 긁적이며 웃었다.

"안 그래도 광수대가 뒤숭숭헌디, 여기서 우덜 경찰이 조광이랑 뒤에서 손잡고 있었다 하믄 쪼까, 거시기하지 않겠소?"

박순길의 말에서 경찰이 조직의 부정을 덮겠다는 것이 아닌, 다른 명분이 생겨났다.

박상대의 사후 광수대 내부가 어떻다는 건 김기환도 익히 꿰고 있던 내용이었다.

그제야 김기환은 표정을 고치며 고개를 끄덕였다.

"하긴, 여론이 경찰 무용론으로 기울면 아예 조직 자체가 해체될 수도 있겠군요. 그러면 지금껏 해 온 일 자체가 공중 분해될 여지도 있고…… 알겠습니다. 이 일은 제 선에서 입 닫고 있겠습니다. 하지만……."

김기환의 시선을 받은 정진건은 그 축약된 뒷말을 알아들었다는 양 고개를 끄덕였다.

"고맙소."

김기환이 일부러 그러듯 씩 웃었다.

"그 대신 박상대와 조광의 유착 건은 저희 신문사에서 보도 우선권을 가져가는 것으로 해도 되겠습니까?"

"연락은 넣어 보겠습니다."

그리고 소기의 방문 목적은 달성했다. 이제 김보성이 기다리고 있는 사무실로 돌아갈 때였다.

김기환이 내놓은 박스를 주섬주섬 나눠 챙기는 사이, 잠자코 있던 방승혁이 툭 하고 입을 뗐다.

"대표님, 여쭙고 싶은 게 있습니다만."

"예? 아, 말씀하시죠. 제가 대답해 드릴 수 있는 거라면 얼마든지요."

　김기환의 태연한 얼굴을 보며 방승혁이 물었다.

"대표님께선 오늘 도청 사본 카세트테이프에 이어 광수대 내부의 내통자까지 알아봐 주셨는데……."

　방승혁의 눈이 김기환의 표정을 살폈다.

"이렇게까지 해 주시는 이유가 뭡니까?"

　그 말에 김기환은 미소까지 지어 가며 대답했다.

"굳이 물으신다면, 기자로서 정의 사회 구현을 위한 것이라고 답하겠습니다."

　지금 그 말을 믿으라고?

　하지만.

"……그렇습니까. 감사합니다."

　방승혁은 더는 묻지 않고 짐을 챙겨 사무실을 나섰다.

'……도깨비 신문이라.'

　마치 도깨비장난처럼 갑자기 툭 튀어나온, 이 매체.

'그들에게는 왠지 일반적인 특종거리를 노리는 것 외에도 다른 목적이 있는 것만 같군.'

　……그래, 이를테면 조광의 해체 같은.

'하지만 그건, 누구에게 이득이 되는 일일까? 이성진에게?
아닌 말로, 그는 부외자가 아니던가?'

그것만큼은 방승혁도 아직 확신할 수 없는 일이었다.

# 3장

  김보성은 텅 빈 사무실에 앉아 세 사람의 보고를 받으며 고개를 끄덕였다.

  "수고하셨습니다. 그러면 배성준 형사가 조광과 내통하고 있다는 건 기정사실이로군요."

  방승혁이 그 말을 받았다.

  "예. 오늘 배성준 형사가 조설훈과 독대했다는 것과 도깨비 신문의 김기환 대표가 모아 둔 자료를 종합하면 그러지 않을까 합니다."

  박순길이 방승혁의 말을 거들고 나섰다.

  "그라고 보믄 영감님 공이 가장 컸지요. 영감님께서 조설훈이 속을 긁어 놓지 않으셨으면 그 양반도 퇴근하지 않았겠습니까."

그 말에 김보성은 쓴웃음을 지었다.

"어차피 언젠가는 해야 할 일이었습니다. 박순길 형사님은 오늘 서울까지 올라오는 것만으로도 피곤하셨을 텐데, 수고하셨습니다."

"아따, 그까이꺼 암것도 아니지라."

분위기는 퍽 화기애애했지만, 그러는 사이에도 정진건은 아무런 말도 하지 않았다.

김보성은 반쯤은 의무감으로 정진건에게도 공치사를 해주었다.

"정진건 형사님도요."

"……예?"

"병원에서 자료를 취합해 주시지 않았습니까. 덕분에 많은 단서가 잡혔습니다."

"아, 예. 감사합니다."

정진건은 김보성의 말에도 어딘지 심드렁한 기색이었다.

방승혁은 그런 정진건의 태도에 무어라 한마디 해 주려 했으나, 김보성의 눈치를 살피곤 입을 꾹 다물었다.

김보성이 세 사람을 돌아보며 입을 뗐다.

"다시 한번 다들 수고했다고 말씀드리겠습니다. 오늘 하루 늦게까지 고생하셨습니다. 푹 쉬시고, 내일 뵙겠습니다."

세 사람이 고개를 끄덕였다.

그때, 별말 없이 돌아갈 것 같던 정진건이 입을 뗐다.

"검사님."

"말씀하시죠."

"앞으로 수사 진행 방향은 어떻게 되는지 여쭙고 싶습니다."

그 말에 김보성은 미소를 거두며 정진건을 보았다.

"조설훈을 소환해 대질신문을 실시할 생각입니다. 또한 현 수사에서 Y서 소속 인원은 배제하고 정진건 형사님과 박순길 형사님께 사건을 배정해 진행할 예정입니다."

짐작은 했으나, 김보성의 입에서 나온 말은 확실한 무게감을 띠고 정진건의 가슴을 파고들었다.

정진건이 다시 입을 뗐다.

"Y서에 감찰을 보내실 생각이십니까?"

김보성은 담담하게 정진건의 말을 받았다.

"날이 밝는 대로 연락을 취하려 합니다."

"……감사합니다. 궁금한 건 여기까지입니다."

정진건은 고개를 꾸벅 숙인 뒤 사무실을 나섰고, 박순길은 당황하는 기색으로 얼른 김보성에게 꾸벅 고개를 숙였다.

"그럼 들어가십쇼, 헤헤."

박순길이 얼른 정진건의 뒤를 따라붙어 사무실을 나서자, 방승혁은 그제야 인상을 찌푸렸다.

"그렇지 않은 사람이라고 생각했는데, 오늘 보니 태도에 문제가 있군요."

김보성이 고개를 저었다.

"아닙니다. 비록 저희가 수사 지휘권을 가지고는 있으나 경찰과 검찰은 상호 협조함이 마땅하지요. 누가 위이고 아래라는 건 없습니다."

"……."

그야, 이론상으로는 그렇겠지.

방승혁은 그렇게 생각하면서도 생각한 바를 입 밖에 내지는 않았다.

그도 김보성과 단둘이 있는 자리에서 따로 할 말이 있는 것이다.

"그나저나 검사님."

"예."

"검사님도 아시다시피 오늘 도깨비 신문사를 다녀왔습니다만, 이제 갓 세운 회사치고는 좋더군요."

김보성은 방승혁이 갑자기 무슨 소리를 하는가 싶어 그를 어리둥절해하는 얼굴로 보았다.

"그렇습니까?"

"예. 사무실은 연식이 오래된 빌딩 지하에 자리 잡고 있었습니다만, 비치된 컴퓨터는 모두 최신형이더군요."

"……무슨 말씀을 하고 싶으신 겁니까?"

김보성의 단도직입적인 질문에 방승혁은 턱을 긁적였다.

"도깨비 신문은 SJ컴퍼니의 투자를 받아 설립된 회사라고 들었습니다."

"그렇죠."

"그리고 그 회사 사장은 사장님도 잘 알고 계시는 이성진이라는 어린애고요."

김보성이 의자에 등을 기댔다.

"예. 저도 만나 보았습니다만, 나이를 고려치 않고도 사업에 능한 귀재였습니다. 인터넷 신문이라는 새로운 매체에 과감한 투자를 한 것도 그 머릿속에서 나온 것 중 하나겠죠."

"예. 저도 알아보니 그런 듯했습니다. 그 소년에게 도깨비 신문이라는 건 그가 거둔 수많은 성과 중 일부분일 정도로요. 그런데 말입니다."

방승혁이 딱딱하게 굳은 얼굴로 말을 이었다.

"왠지 모르게, 이번 일에 이성진이라는 소년이 지나치리만큼 깊이 연루되어 있다는 생각은 하지 않으셨습니까?"

"……."

굳이 방승혁이 입 밖에 내지 않더라도, 김보성 역시 그런 생각을 해 왔다.

이성진이 어린 나이에 성공을 거둔 사업가라는 걸 배제하고, 아니 오히려 그 나이에서 오는 선입견을 배제하고 오롯이 이번 사건에만 결부해서 살핀다면, 이성진은 무척이나 깊이 연루되어 있는 핵심 인물 중 한 사람이었다.

다만.

그 배경을 감안하지 않을 수 없기 때문에 오히려 건들 수 없는 언터처블인 것이다.

삼광보다 다소 급이 떨어지는 조광만 하더라도 각종 외압에 시달리고 있는데, 삼광을 건드린다?

그건 청장의 지시로 창설된 광수대나 김보성의 선에서는 어찌할 수 없는 일이다.

그래서 김보성은 방승혁이 말하고자 하는 바가 무엇인지 알면서도 일부러 의뭉을 떨었다.

"그렇다고 이성진을 소환해 대질신문을 할 수는 없지 않겠습니까. 초등학생을 검찰이 소환 조사한다니, 언론이 난리가 날 겁니다."

"……."

"농담입니다."

그답지 않게 농담을 하는 걸 보니, 방승혁은 김보성이 술이 좀 되었구나, 싶었다.

김보성은 표정을 고쳐 말을 이었다.

"이성진에 대해선 저도 주목하고 있습니다. 하지만 그는 이번 사건과 '무관'한 인물입니다."

김보성은 그렇게 말하며 서랍을 열어 서류를 꺼냈다.

"박길태가 살해된 Y구 인근 야산은 이성진이 후원하는 새마음아동복지재단의 소유지이죠. 이성진은 아마 구봉팔과도

면식이 있을 뿐만 아니라 김기환 대표가 중우일보 재직 중이던 당시부터 그와 인연을 맺어 왔을 겁니다."

김보성은 서류를 보란 듯 들추며 말을 이었다.

"그뿐만 아니라 조광과는 두말할 것도 없고, 심지어 조세광이 투자 중인 스크린 골프 사업도 이성진의 알선이 있었던 것은 아닐까, 생각하고 있을 정도입니다."

김보성은 들췄던 서류를 덮으며 그 위에 손가락을 얹었다.

"수사관님 앞에서만 비공식적으로 드리는 말씀입니다만, 그렇다 한들 저희가 무엇을 할 수 있겠습니까?"

"……."

김보성의 그 말은 냉소적인 체념이 묻어 있어서, 방승혁은 아무런 말도 할 수 없었다.

"……설령 배후에 이성진이 관여하고 있었다고 한들 직접적인 살인 교사가 있지 않은 한, 저희는 그 소년을 기소할 수 없습니다. 판사 선에서 영장 심사가 기각되겠죠. 아니, 어쩌면 거기까지 갈 수도 없을 겁니다."

김보성은 방승혁의 굳은 얼굴을 보며 말을 이었다.

"저희에게 저희 사정이 있어도 그걸 이성진에게 들이대는 건 할 수 없죠. 그러니 저희는 이성진이 '선의에서' 조력해 주길 바랄 수밖에 없고, 그러지 않더라도 아쉬워할 수 없는 입장입니다."

방승혁은 김보성이 '이성진을 개인적으로 알고 지내는 것'

이상으로 그 존재를 간과하지 않는다는 사실에 어쩔 수 없이 납득해야만 했다.

"검사님 말씀은 잘 알겠습니다. 그러면……."

"저쪽에서 먼저 다가오지 않는 한, 이쪽이 나서지 않는 것으로 거리를 둬야지요. 다만."

김보성은 가만히 서류를 바라보다가 말을 이었다.

"다행히도 지금으로서는 이성진이 저희 편이라는 사실이 위안거리일 정도입니다."

"……예? 오히려 이성진은 자신이 알고 있는 걸 꽁꽁 숨기고 있지 않습니까?"

"표면적으로는요."

김보성이 쓴웃음을 지었다.

"표면적으로는 묵비 속에서 중립을 유지하는 듯 보이지만…… 저는 왠지 이성진이 저희를 어느 방향으로 이끌고 있단 생각이 듭니다."

"……."

"저 역시도 이게 터무니없는 억측이면 좋겠습니다만, 돌아가는 상황이 그렇더군요."

이제 김보성은 급기야 희미하게 남은 미소의 흔적을 지웠다.

"물론 이성진이 저희를 이용해 조광을 공격하는 것이 분명함에도…… 지금은 그 의도를 알 수 없습니다. 하지만 사법부에 몸담은 사람에게 중요한 건 '진실'이 아닌 '사실'이죠. 디케가 눈을 가린 건, 저울에 올라간 무게만을 재기 위함입니다."

그 뒤, 김보성은 다시 서류를 서랍에 집어넣고 자물쇠를 잠갔다.

"그러니 방 수사관님도 공연한 일을 쑤시지 말아 주셨으면 하는 게 제 개인적인 바람입니다."

방승혁은 그제야 마지못해 고개를 끄덕였다.

"정 형사."

박순길은 성큼 걸음을 걸어 정진건을 따라잡았다.

"우째, 기분 나쁜 일이라도 있소잉?"

"……아뇨."

정진건은 억지로 입꼬리를 올렸다.

"괜찮습니다. 조금 피곤해서 그런 모양입니다."

"아따, 그렇구마잉. 허긴, 오늘 하루 뭔가 사건이 많았지비."

박순길은 '피곤해서 그렇다'는 정진건의 말을 곧이곧대로 믿지는 않았지만, 본인이 그렇다고 하니 더는 캐묻지 않았다.

정진건 역시 그런 박순길의 의중을 눈치채고 조금 고마움을 느꼈다.

둘은 광수대를 나설 때까지 아무런 말도 하지 않았고, 정진건은 아직껏 박순길의 짐이 트렁크에 실려 있는 자동차로 갔다.

"그라고 보니 짐이 아직도 여짝에 실려 있었네. 미안혀요 잉."

정진건은 박순길이 트렁크에서 캐리어를 꺼내기 전에 물었다.

"그런데 숙소는 잡으셨습니까? 바래다드리죠."

"우짜스까잉, 그럴 경황이 없었지라. 뭐, 모텔 좀 찾아보다가 빈방 있으면 거다가 발 좀 붙일랍니다."

너스레를 떠는 박순길의 말에 정진건은 잠시 생각하다가 고개를 끄덕였다.

"그러면 오늘은 누추하지만 저희 집으로 가시죠."

정진건의 말에 박순길이 펄쩍 뛰었다.

"아이고, 아닙니다. 세상천지에 나 하나 발 뻗고 누울 곳이 없겠소. 괜히 그러실 필요는……."

박순길이 극구 사양했음에도 불구하고 정진건은 고개를 저었다.

"아뇨. 그러게 해 주십시오."

생각 외로 정진건이 강하게 나오자, 박순길은 머리를 긁적이며 고개를 숙였다.

"끄응……. 정 그러면……. 아, 그라도 형수님께 연락이라도 넣어 봐야 쓰지 않겠소잉?"

그 말에 정진건도 아차 싶었는지 고개를 끄덕였다.

"그렇군요. 아내에게 연락을 해 보겠습니다."

정진건은 그 자리에서 아내에게 전화를 걸었고, 다행히 아내는 흔쾌히 승낙해 주었다.

갑작스레 동료가 묵고 간다고 했음에도 불구하고 사정을 알아주는 좋은 아내였다.

"허락받았습니다. 차에 타시죠."

"아이고, 이거 미안해서…… 이럴 줄 알았으면 저어기 올라올 때 굴비라도 한 짝 들고 오는 거신데."

차에 생선 비린내 남길 일 있나.

정진건은 그렇게 생각하면서 쓴웃음을 지었다.

"그라믄 실례 좀 하겠소. 아, 따님이 둘 있다 하셨지라?"

"아, 예."

"가는 길에 거시기, 장난감이라도 사 가요잉. 그 뭐시냐, 변신 장난감 같은 거라도……."

"괜찮습니다. 그런 거 갖고 놀 나이도 지났고요."

"아따, 꽤나 장성한 모양이요."

박순길은 너스레를 떨며 안전벨트를 맸다.

"그라도 맨손으로 가는 건 예의가 아니지라. 그라믄 동네 어르신들이 욕하고 그라요. 가다가 슈퍼라도 들르게 해 주쇼잉. 오렌지 주스, 유리병에 든 걸로다가 딱 사 가면 그래도 구색이 살지 않겠소? 빈병에 보리차도 담을 수 있고."

"……그러시죠, 그럼."

정진건도 안전벨트를 맨 뒤, 시동을 걸고 기어를 넣었다.

늦은 밤, 정진건이 모는 차는 헤드라이트를 비추며 서울 밤거리를 달렸다.

그가 강짜를 부려 가며 자신의 집에 박순길을 초대한 건, 오늘 하루 그가 짐을 풀 새도 없이 끌고 다녔던 것에 대한 미안함과 책임감 때문만은 아니었다.

그 스스로 어디에도 견줄 수 없는 좋은 남편, 아빠는 아니라고 생각하지만 가장은 집에서 보이는 얼굴과 밖에서 보이는 얼굴을 구분해야 한다는 것이 정진건의 지론이었다.

하나 배성준이 조광과 내통하고 있었다는 것이 기정사실화된 지금은 그럴 자신이 없었다.

이 상황에 박순길이 동행해 준다면, 오늘 하루만큼은 바깥의 얼굴을 집 안에 가져가도 좋으리라.

정진건은 그렇게 생각했다.

"다녀오셨어요."

현관 앞에서 정서연과 정지연 두 자매가 정진건과 박순길을 반겼다.

"아이구, 야들이 정 형사님네 따님들이신 모양이구만."

박순길은 활짝 웃으며 아이들의 인사를 받았다.

"이름이 뭐시다냐?"

정서연이 대답했다.

"저는 정서연이라고 하고요, 여기는 제 동생인 정지연입니다."

둘째인 정지연은 입을 헤 벌린 채 박순길이 입은 하와이안 셔츠를 쳐다보고 있다가 정서연이 옆구리를 콕 찌르자 얼른 고개를 꾸벅 숙였다.

"아, 안녕하세요. 정지연입니다."

"아따, 예쁘기도 하지. 잠시만……."

박순길은 주머니를 뒤적이더니 지갑에서 만 원짜리 지폐 두 장을 꺼내 둘에게 용돈을 나눠 주었다.

"자, 학교 돌아오믄서 맛있는 거 사 먹그라."

정서연은 '오늘부터 방학인데요' 하고 대답하는 대신 정진 건을 힐끗 쳐다보았고, 정진건이 고개를 끄덕이자 공손히 용돈을 받았다.

"감사합니다."

"응, 그랴, 그랴."

그사이 앞치마를 두른 정진건의 아내가 이제 막 고무장갑을 벗었는지 손을 앞치마에 닦으며 주방에서 나왔다.

"오셨어요."

이어서 정진건의 아내가 박순길에게 고개를 꾸벅 숙였다.

"어서 오세요. 바깥양반 처 되는 주승희라고 합니다."

박순길은 고개를 마주 꾸벅 숙였다.

"처음 뵙겠습니다. 저는 쩌어기 전라도에서 올라온 박순길 형사라 하요."

뒤이어 박순길은 히죽 웃으며 정진건을 보았다.

"보니께 따님들이 형수님을 닮아서 미인이셨구마잉. 딸은 아빠 닮는다더니 안 그래서 참말로 다행이요."

박순길의 너스레는 늦은 밤 갑작스러운 방문객이 풍긴 다소 낯선 분위기를 환기해 주었고, 두 딸은 소리 죽여 웃었다.

정진건의 아내 주승희가 미소 띤 얼굴로 물었다.

"식사는 하셨어요?"

"아, 예. 일하다가 먹었지라. 신경 안 쓰셔도 돼요. 아, 글고 여기, 별거 아니지만 받아 주쇼잉."

박순길은 오는 길에 슈퍼를 들러 사 온 주스 선물 세트를 건넸다.

"어휴, 안 그러셔도 되는데……."

주승희는 겸연쩍어하는 얼굴로 선물을 받은 뒤 정진건을 보았다.

"간단한 안주라도 만들까요?"

"……그래."

박순길은 고개를 끄덕이는 정진건을 슬쩍 살폈다.

아무래도 그가 자신을 집에 초대한 건, 오늘 하루 있었던 일로 생각을 정리하고 싶기 때문이라고 생각했다.

"그러면 씻고 나오세요. 보일러는 틀어 뒀으니까, 온수는 바로 나올 거예요. 아, 박순길 형사님도요. 안쪽 애들 방 하나를 치워 두었는데, 누추하지만 오늘은 거길 이용해 주세요."

주승희의 말에 박순길은 멋쩍게 웃었다.

"아이고, 아닙니다. 그라믄 염치는 없지만 신세 좀 지겠습니다."

뒤이어 박순길이 정서연을 보았다.

"근디, 누구 방을 비웠니?"

"저예요."

"응, 오빠는 거서 아무것도 안 건들 텡께 맘 놓구 있그라."

오빠? 아저씨면서.

하지만 무려 만 원을 받았으니, 정서연은 아무 말도 하지 않기로 했다.

"서연이랑 지연이는 엄마 좀 도와줄래?"

"네, 엄마."

세 모녀가 쪼르르 주방으로 가자, 정진건이 박순길을 보았다.

"먼저 씻으시겠습니까? 욕실은 통로 왼쪽에 있습니다."

"아따, 지는 발만 닦아도 되는데…… 그라도 따님 방에 냄새 안 풍길라믄 그래야 쓰겠죠잉?"

박순길의 말에 정진건은 피식 웃었다.

"그러시죠."

"그나저나 오늘 초대해 주신 거, 참말로 감사드립니다. 빈 말이 아니라예."

욕실로 향하는 사이 박순길이 히죽 웃으며 말을 건넸다.

"가정도 참 화목해 보이고요잉."

"평범하지 않습니까?"

"그게 어려운 거지라."

박순길이 미소를 조금 거뒀다.

"그 왜, 가정사는 백이면 백 제각각이라 하지 않소? 지도 나중에 장가들면 딱 정 형사만큼만 거시기하면 딱 좋겠구 먼요."

"……"

정진건은 욕실에 들어가 수도꼭지를 온수 방향으로 쏴아 틀었다.

"조금 있으면 온수가 나올 겁니다. 뜨거우면 방향을 돌려서 찬물을 섞으시고요. 샴푸는 비치된 걸 쓰시면 되고, 비누는 아내가 요즘 바디워시인가 하는 걸 사 둬서 그걸 쓰시면 됩니다."

"그람요. 지도 압니다. 아따, 한 번은 샴푸인 줄 알고 바디워신가 뭐시긴가 하는 걸로 머리를 감았더니 한동안 근지러워서 혼났다 아닙니까."

"다들 비슷하군요."

그리고 쏴아 하는 물줄기 사이로 박순길이 나직하게 입을 뗐다.

"정 형사."

"예?"

"배 형사 때문에 그라요?"

정진건이 고개를 돌리니, 박순길의 표정에선 미소가 사라져 있었다.

그렇다고 해서 적대적인 느낌은 전혀 없고, 그 눈빛엔 대상을 향한 호의를 바탕으로 자신이 공감하지 못하는 성질에 관한 낯섦이 담겨 있었다.

정진건은 수도꼭지에서 나오는 물소리가 자신의 대답을 가족에게 알리지 않고 감춰 줄 것이란 걸 알고 있었지만, 아무 말도 할 수 없었다.

"……."

박순길은 정진건이 부정하지 않는 것만으로도 다 알겠다는 양, 그 어깨를 툭툭 두드려 주었다.

"신경 쓸 거 없소. 그야 연배나 경력이 비슷하다 보니 그런 모양이지만……."

위로차 입을 뗀 박순길은 말끝을 흐렸다.

그 스스로도 배성준의 부정에 공감을 할 수 없으니, 지금

위로를 해 봐야 그건 텅 빈 말밖에 되질 않는다는 걸 깨달은 것이다.

욕실 유리에 수도꼭지에서 나온 더운 김이 서리자 정진건은 수도를 잠갔다.

"그러면 저는 나가 보겠습니다."

"아, 예. 이따 뵙시다. 아참, 제 짐 가방은 두고 가 주쇼잉. 거짝에 제 속옷이 있지라."

방금 전 아무 일도 없었다는 양 평소의 어조로 돌아온 박순길의 말에 정진건은 쓴웃음을 지었다.

"그러죠."

정진건은 박순길을 남겨 두고 욕실 문을 닫았다.

조금 있으니 문 너머로 쏴아 하는 물소리와 함께 '어메 뜨거라!' 하는 박순길의 비명이 들렸다.

정진건은 피식 웃으면서 벽에 등을 기댔다.

저 멀리 주방에선 세 모녀가 복작거리며 요리를 만들며 떠드는 소리가 귓가로 아련하게 들려왔다.

아내가 만드는 요리의 도마 소리에 섞여 간장 졸이는 냄새 따위가 콧속으로 들어왔다.

아내는 박봉에 가까운 형사 월급에도 군말 없이 맞벌이를 하면서도 가정에 소홀하지 않은, 자신에게 과분할 만큼 좋은 여인이었다.

그녀는 오늘처럼 갑작스러운 손님의 방문과 그 객이 묵고 간다는 연락에도 싫은 소리 한 번 하지 않았다.

두 딸은 착했고, 말썽을 부리는 일도 없었다. 박순길의 농담처럼 자신을 닮지 않고 아내를 닮아 퍽 예쁘기까지 했다.

가정 자랑은 팔불출이란 생각에 남들에게나 가족들에게나 이를 표현하지는 않았지만 박순길의 말마따나, 평화로운 가정이었다.

하지만 그런 평화는 아무런 사고도 일어나지 않는단 반석 위에 세워진 위태로운 것이기도 했다.


「배 형사 때문에 그라요?」


정진건은 방금 전 박순길의 말을 떠올리지 않기가 힘들었다.

박순길은 넉살 좋은 얼굴 아래 뛰어난 직관을 발휘할 줄 아는 형사였다.

그는 정진건이 배성준과 자신을 내심 비교하고 있다는 걸 알아챘을 뿐만 아니라, 그걸 알고서도 불편할지 모를 자신의 집까지 몸소 찾아와 주었다.

그런 자신의 마음속 빗장을 걸어 둔 부분까지 성큼 다가와 노크를 하는 건 내키지 않았지만, 그 부분은 정진건도 어쩔 수 없다고 여겼다.

정진건도 뒤늦게 깨달은 것이지만, 오늘 하루 그가 줄곧 언짢았던 이유는 다름 아닌 배성준 형사 때문이었다.

배성준은 정진건과 연배며 경력이 비슷한 처지였다. 비슷한 나이의 자식이 둘 있다는 점도 같았다.

다른 점이라면, 배성준의 아내는 병치레를 했고, 그에 따른 막대한 치료비를 부담하기 위해 부정을 저질렀다는 것이었다.

정진건도 스스로를 어디서 모범적인, FM대로 움직이는 강직한 경찰이라고 생각하지는 않았다.

하지만 그렇다고 해서 배성준 정도의 노골적인 유착은 해오지 않았다.

그러나 과연, 자신에겐 그를 비난할 자격이 있는가.

경찰 일을 하다 보면 유도리라 불리는 융통성을 발휘할 때도 왕왕 있기 마련이었고, 나중을 위해 기름칠이 필요할 때도 있었다.

당장 딸 아이 방의 이성진이 눈감아 준 컴퓨터만 해도 그러했고, 그 외에도 몇 가지 태만, 봐주기 등도 있었다.

물론 자신과 배성준은 다르다.

자라 온 환경도 다를 것이고, 신념이며 가치관, 세계를 바라보는 관점도 다르리라.

별로 이야기를 나눠 본 사이도 아니다. 그와 자신을 두고 비슷하다고 여길 만한 건 어디까지나 자식이 둘 있고, 경력이 엇비슷하다는 부분뿐이었으나.

머리로는 알아도 마음은 그렇지 않은 것이 이런 경우였다.

평범하게 화목한 가정을 지키는 것, 그게 어려운 것이라고 박순길은 말했다.

거칠고 위험한 일을 하고 있지만 매일같이 목숨을 걸고 하루를 임하지는 않는다.

그러나 다른 일보다는 죽음에 좀 더 가까운 일이었고, 어제와 마찬가지인 오늘을 살 수 있는 건 죽음을 의식하지 않기 때문이다.

그건 자신의 죽음뿐만 아니라 구성원에 대해서도 마찬가지였다.

그러면서도 만약 자신이 배성준과 같은─당장 치료비가 없어 치료를 포기해야 할 지경에 이른다면, 기꺼이 부정을 저지를 것임을.

정진건은 부정할 수가 없었다.

박순길과 교대해 씻고 나왔더니, 그는 이 집안 구성원의 향기를 풍기며 식탁에 앉아 주스가 담긴 컵을 인원수만큼 놓은 채 대화를 꽃피우고 있었다.

"서연아, 나가 봉께 방에 컴퓨터가 있드라?"

"아, 네. 한 2년 전에 아빠가 사 주셨어요."

정서연이 웃으며 박순길의 말을 받았다.

"게다가 프로토 타입이래요."

"프로……엥? 그게 뭐시냐?"

"정식 출시 전에 사용하는 시험 모델이라는 뜻이에요. 사실 처음에는 조금 문제가 있었는데, 그 친구가 뭔가 뚝딱하더니 지금은 잘 돌아가요."

낯을 가리는 편이라고 생각했지만 박순길 앞에서는 괜찮은 걸 보니, 박순길이 가진 묘한 친화력 덕분인가 했다.

하긴, 낯을 가려 걱정하던 딸은 요즘 친구도 곧잘 만들고 그들과 어울려 다니기도 했으니 가정에서의 얼굴과 바깥에서의 얼굴이 다른 건 어른이나 애나 마찬가지인 것이리라.

"워메, 그 친구 컴퓨터 도사인가 부다. 오빠는 들어도 뭔 이야긴지 모르겠는디."

정지연이 끼어들었다.

"정말이에요. 게다가 실은 그 오빠, 삼광 그룹의⋯⋯."

정서연이 눈을 흘기며 그녀의 말을 끊었다.

"얘는. 그런 걸 굳이 말할 건 없잖니?"

"언니야말로, 이성진 오빠 이야기는 좀처럼 안 하려고 하더라?"

"당사자 없는 앞에서는 남 이야기 하는 거 아니랬어."

"그것도 이성진 오빠가 한 말이지?"

"⋯⋯."

"그럴 거 같더라. 히히. 아, 언니 혹시 ⋯⋯?"

"요게, 진짜⋯⋯. 어라, 아빠 오셨어요?"

흐뭇한 얼굴로 지켜보고 있던 정진건이 고개를 끄덕였다.

"음. 늦었는데 이만 자야지."

그 말에 정지연이 입을 삐죽였다.

"에이, 내일부터는 학교도 안 가는데."

"그래도."

둘째의 응석에 아내 주승희가 정진건의 말을 거들어 주었다.

"방학이라고 늘어지면 안 되지. 아빠 말 들어."

"치."

정지연은 마지못해 일어섰고, 정서연은 쓴웃음을 지으며 고개를 꾸벅 숙였다.

"안녕히 주무세요."

"그랴. 좋은 꿈 꾸고."

아이들이 돌아가고, 아내는 냉장고에서 술병을 꺼내 놓은 뒤 만들어 둔 안주를 내놓았다.

"그러면 천천히 이야기 나누세요. 내일도 출근해야 하니까 너무 늦게까진 앉아 있지 말고요."

아내는 눈치껏 자리를 피해 주었고, 박순길은 잊지 않고 꼬박 감사를 표했다.

아내까지 자리를 뜨고 나자, 박순길은 기다렸다는 듯 소주 뚜껑부터 땄다.

"정 형사, 내일부터는 쪼까 바빠질 거 같응께, 조금만 마십시다."

"……예."

"흐흐, 때로는 참새도 방앗간을 그냥 지나가야 할 때가 있지 않겠소잉?"

소주를 한 잔 꺾은 박순길은 아내가 만든 안주를 맛보자마자 '캬, 형수님 솜씨가 대단허네요!' 하며 너스레를 떨어 댔다.

욕실에서 있었던 이야기가 이어질 것이라고 짐작했던 것과 달리, 박순길은 관련한 주제는 입 밖에 내지 않았다.

정진건은 그런 박순길의 배려가 왠지 고마웠다.

# 4장

다음 날이 되자마자 김보성은 광수대 인원들에게 수사 방침 변경을 발표했다.

조광 그룹 조성광 회장과 박상대의 유착을 표적으로 삼고 조사하던 것이 조광 그룹 사내 이사인 조설훈을 상대로 바뀐 것이다.

동시에 광수대는 조설훈에게 소환장을 발부, 그의 대질 소환 조사에 임하기로 했다는 내용이 이어졌다.

김보성의 브리핑을 전달받은 광수대 일동은 어리둥절한 기색이었으나, 이어진 내정의 파급은 더 컸다.

"대기?"

서류를 살핀 석동출이 혀를 찼다.

"아니, 밥상 다 차려 놨더니 이제 와서 대기라니, 이게 무슨 처사입니까."

석동출은 주위가 듣건 말건 옆자리의 배성준에게 동의를 구하듯 볼멘소리를 뱉었다.

"게다가 수사는 ××경찰서의 정진건 형사가 맡는다니, 이거 타 부서 일감 몰아주기 아닙니까? 거기에 제집으로 돌아간 줄 알았던 박순길 형사까지…… 나 참, 돌겠네."

석동출이 노골적으로 불만을 표했지만, 배성준은 대답하지 않았다.

석동출은 평소 이상으로 조용한 배성준의 태도를 의아하게 생각하면서 말을 이었다.

"선배님, 이거 공식적으로 항의를 해야 하지 않겠습니까? 분명 제 사람 챙기기일 겁니다, 이거. 아닌 말로 조광은 우리 Y서가 전문인데, 그깟 반지 좀 줍고 현장 수사 좀 했다고 지금 와서……."

잠자코 있던 배성준이 입을 뗐다.

"석 형사."

"예, 선배님."

"가만히 있어."

"……."

배성준의 나직한 말에 석동출은 더 이상 볼멘소리를 뱉지 못하고 입을 다물었다.

"……담배나 한 대 태우고 오겠습니다."

석동출은 제 분에 못 이겨 자리를 떴고, 그러는 와중에도 배성준은 양손에 깍지를 낀 채 책상에 앉아 그 자리에 가만히 앉아만 있었다.

'노골적이군.'

그러면서 배성준은 지난밤에 있었던 일을 떠올렸다.

어젯밤 자신의—또는 조설훈의—뒤를 따라붙었던 건 분명 정진건 형사였다.

김보성은 아마, 자신이 조광과 내통 중이라는 사실을 눈치챘을 것이다.

석동출은 생각도 못 하고 있겠지만 아마 지금쯤 감찰관이 Y서로 들이닥칠 준비를 하고 있을 것이다.

대놓고 꼬리가 밟힐 만큼 어수룩한 일은 하지 않았다고 자부하지만 털어서 먼지 안 나오는 사람 없다고, 감찰관이 작정하고 나서면 분명 몇 가지 구린 것들이 나올 것이다.

이번 조치에 당황한 건 ××경찰서 측도 마찬가지였다.

그중 강하윤은 저 멀찍이 앉은 Y서 일동의 눈치를 살피며 좌불안석한 기색으로 정진건에게 슬쩍 말을 붙였다.

"저, 선배님."

"왜."

"그…… 분위기가 조금 이상하지 않습니까?"

아무리 신출내기라고는 하지만, 그래도 어느 정도 조직 굴러가는 분위기를 살피는 눈치 정도는 있었다.

이번 업무 배정은 그 누구도 기뻐하지 않았고, 모두가 납득하지 못할 처사였다.

강하윤이 말을 이었다.

"아무래도 조광 쪽은 Y서 분들이 전문이고, 그에 관한 노하우도 쌓여 있다고 들었습니다. 그런데 이걸 저희가 받아서 진행하면……."

강하윤은 말을 하면서 슬쩍 정진건의 눈치를 살폈으나, 정진건은 무표정했다.

정진건이 무표정한 얼굴을 유지하며 강하윤의 말을 받았다.

"저쪽이 수사 지휘권을 가졌으니, 그에 관해 우리가 왈가왈부할 건 아니야."

"그건 그렇지만……."

그녀에게는 배성준이 조광과 내통 중이라는 사실을 알리지 않았다.

현재 광수대 내부에서 배성준의 비리를 알고 있는 건 김보성과 정진건, 박순길, 방승혁 뿐이었다.

'……그리고 배성준 본인까지.'

그리고 그때, 배성준과 정진건의 눈이 마주쳤다.

둘은 가만히, 서로를 쳐다보았다.

먼저 자리에서 일어선 건 정진건이었다.

"외근 다녀올게."

"아, 옙. 그러면 저도…….."

"아니, 박 형사랑 움직일 거니까 강 형사는 대기하고 있어."

정진건의 말에 강하윤은 움찔했다.

이 초상집 분위기보다 어색한 장소에서 대기를 하는 건, 아무리 마이페이스인 강하윤일지라도 난색을 표하게 만드는 처사인 것이다.

그래서 정진건은 덧붙였다.

"……정 뭣하면 강선이나 찾아가 보든가."

"예…….."

강하윤은 우물쭈물 대답하긴 했지만, 속으론 어째 조직 돌아가는 모양이 말이 아니란 생각을 했다.

그건, 박상대의 사후 뒤숭숭한 광수대의 분위기가 이어진 것 때문만은 아니었다.

사소한 일에도 자신을 데리고 다니며 일을 가르치던 정진건은 최근 들어 혼자(또는 지금처럼 박순길과 함께) 움직이는 일이 잦았다.

박순길이 전남으로 돌아가고 나선 별로 하는 일 없이 무기력증에 걸린 사람처럼 가만있는 경우도 잦았다.

어저께 박순길의 복귀 이후, 그리고 김기환 대표의 연락이 있고부턴 예전의 정진건으로 돌아올 줄 알았건만, 그렇지만도 않았다.

'오히려 심해지면 더 심해지셨지.'

보아하니, 어제 강하윤이 정시 퇴근을 한 이후에도 정진건은 무언가 일을 해치운 모양이었다.

아마, 박순길도 함께였던 모양이었다.

박순길은 어젯밤 정진건의 집에서 하루 묵고 간 모양이었는데, 평소 가정사가 어떻다거나 하는 사적인 이야기는 좀처럼 하지 않는 정진건이 동료를 집에 초대해 잠자리까지 제공했다는 건, 버디를 자부하는 강하윤으로 하여금 묘한 기분이 들게 했다.

'두 분, 그렇게까지 친해지셨나?'

이걸 두고 질투라고 생각하긴 조금 뭣하지만, 버디 입장에선 약간의 서운함이 들었던 것도 사실이다.

'영화에서 보니까 외국선 버디를 집에 초대해서 식사도 함께하고 그러던데.'

이래서야 박순길이 정진건의 버디라고 생각해도 무방할 지경이지 않은가.

'……그야, 선배님 보시기엔 내가 믿음직하지 못한 것도 있겠지만.'

강하윤은 사무실을 빠져나가는 정진건의 뒤통수를 보다가 주섬주섬 짐을 챙겨 일어섰다.

'일하자, 일. 어디서부터 손을 대야 할지는 감도 안 오지

만……'

　지금은 할 수 있는 일을 하자고 생각했다.

　그렇게 광수대가 바쁘게 돌아가는 와중, 김보성은 총장의 호출을 받았다.

　어느 호텔 라운지의 카페로 찾아갔더니, 구석 테이블 자리에서 총장이 가볍게 손을 들었다.

　김보성은 멀찍이서 고개를 한 번 꾸벅 숙인 뒤 총장이 기다리는 자리로 갔다.

　"부르셨습니까."

　"일단 앉지."

　김보성은 총장 맞은편 의자에 앉았다.

　수행원을 멀찍이 떨어트려 놓은 것으로 보아, 김보성과 단둘이서 할 이야기가 있는 모양이었다.

　더욱이 그 테이블이 비어 있는 것이, 총장 역시 김보성이 오는 시간에 맞춰 이제 막 도착한 모양이었다.

　총장쯤 되면 공식적으로 장관 대우를 받는 지위다.

　그런 자리에 있는 사람은 시간이 말 그대로 금이었고, 만나고자 하는 사람은 줄을 서기 마련.

　총장은 그런 바쁜 와중에 잠시 짬을 내 가며 몸소 김보성을 불러 준 것이다.

그러면서도 먼저 도착해 사람을 기다리게 하는 것으로 대화의 우위를 점하는 건 총장이 가진 능수능란한 처세 중 하나였다.

웨이터가 기다렸다는 듯 주문을 받으러 왔고, 총장은 손가락을 펼쳤다.

"커피 두 잔."

"예."

총장은 김보성이 무얼 시킬 건지 묻지 않았다.

웨이터가 물러나자 총장은 의자에 등을 기대며 입을 뗐다.

"이 호텔 커피 맛이 괜찮아."

총장이 말을 이었다.

"요즘은 뭐더라, 젊은이들 사이에선 로스트 빈인가 뭔가 하는 것이 유행인 모양이지만, 그런 건 정통이 아니지. 스팀 기계로 짜 내린 것에 물을 탄 게 커피라고 할 수 있겠나. 그런 건 길거리에서 파는 햄버거와 다를 게 없어."

총장의 입에서 이성진이 경영하는 로스트 빈이 언급된 것에 김보성은 다소간 아이러니를 느꼈으나, 묵묵히 고개를 끄덕이기만 했다.

그렇다고 해서 총장의 의견에 동의하고자 고개를 끄덕인 건 아니었다.

정말로 '정통'을 찾으려거든 그나마 터키식 커피가 원조에 가깝지 않을까.

다만, 아무리 사내에선 정치 감각이 없기로 정평이 난 김보성이라지만, 그도 낄 때와 빠질 때 정도는 알았다.

"총장님께서 커피에 정통하신 줄은 몰랐습니다."

칼자루를 쥔 건 저쪽이다.

지금은 그저, 아첨 아닌 아첨으로 맞장구를 쳐 줄 수밖에.

'어차피 좋은 일로 부른 것도 아닐 테니까.'

총장은 김보성의 별거 아닌 띄워 주기가 싫지만은 않은지 담담한 미소를 지었다.

"이 나이가 되니 의사가 술을 줄이라고 잔소리를 해서, 늘 그막에 적당한 취미를 찾은 셈이지."

검찰의 간은 항시 바쁜 법이다.

그들은 격무를 마친 뒤엔 빠르게 스트레스를 해소하고자 폭탄주를 말았고, 다음 날이 되면 다시 멀쩡히 출근해 어제와 같은 격무에 시달리곤 했다.

그러다 보니 연식이 쌓이면 자연스레 폭탄주를 마는 솜씨가 늘어 갔고, 그런 술자리에서는 이런저런 말들이 나오기 마련이다.

어쩌면 김보성이 '정치 감각이 떨어진다'는 소리를 듣는 것도 그가 술을 잘 못하기 때문일지도 모른다.

어제 조설훈을 끌어내기 위해 잠깐 마신 술도 아직껏 숙취가 남은 기분일 정도였으니까.

총장이 말을 이었다.

"나이 이야기가 나와서 말인데, 나도 은퇴가 머지않았어."

"축하드립니다."

말썽 없이 정년퇴직을 앞둔 이에게 할 수 있는 찬사였으나, 총장은 픽 웃을 뿐이었다.

"축하는 무슨. 아직 갈 길이 구만리고, 해야 할 일이 그득 쌓여 있는데 나이를 빌미로 쫓아내는 것뿐이야."

총장은 웃음기를 머금은 채 말을 이었다.

"더군다나 나 같은 인간이 제때 물러나야 밑에 애들도 한 자리씩 올라오지 않겠나."

"……."

"그래서 요즘은 은퇴 후에 뭘 할지 생각 중이지. 마침 커피 이야기가 나왔으니까 어디 한적한 곳에 카페나 차리고 자서전을 써도 좋겠단 생각이 드는군."

자서전이라.

정력적인 총장이 과연 그 정도 선에서 노후를 보내는 것에 만족할까.

'그다음은 정치 입문이겠지.'

그사이 웨이터가 커피를 내왔다.

생각보다 빠르게 내온 것으로 보아, 총장은 미리 커피를 주문해 두고 부르면 가져오게끔 판을 깔았으리라.

웨이터는 호텔 접객원답게 그림자처럼 조용히 커피 두 잔을 놓은 뒤 사라졌고, 총장은 자연스럽게 커피를 한 모금 마셨다.

"그나저나 김 검사도 이 바닥에 몸담은 지는 제법 오래되었지?"

"총장님에 비할 바겠습니까."

"아니야. 자네는 남들에 비해 퍽 젊은 나이에 연수원에 들어오지 않았나. 그래서인지 다들 김 검사에게 거는 기대가 컸고."

"⋯⋯."

과거 시제를 쓰는군.

김보성은 침묵을 커피 한 모금으로 메웠다. 호텔에서 블랜딩한 드립커피의 향이 입안 가득 퍼졌다.

"괜찮지?"

"예. 향이 좋군요."

김보성은 내심 장관이 탈레랑을 흉내 낸 커피 예찬론을 늘어놓을 거라고 생각했으나 그는 그럴 시간도 없다는 듯, 하지만 그런 속사정이 드러나지 않게끔 느긋한 어조로 에둘러 김보성을 이 자리로 불러낸 저의를 밝히기 시작했다.

"아무튼 자네도 내가 그대를 아끼는 건 잘 알 터이네. 학교도 동문이고, 이래저래 같이 일을 한 적도 있으니까."

"총장님의 배려는 감사히 생각하고 있습니다."

마냥 빈말은 아니었다. 김보성은 나이에 비해 승승장구한 편이었다.

거기에 총장의 '배려'가 있어서인지는 확신할 수 없는 요소지만, 본인이 '챙겨 주었다'고 말하는데 대놓고 의중을 물을 수는 없는 노릇이다.

"음, 마치 젊을 적의 나를 보는 거 같아서 나도 모르게 눈길이 갔던 모양일세. 얼굴도 잘생겼고, 하하하."

"……."

농담 섞인 칭찬에는 다른 언짢은 일이 따라오기 마련이다.

"그런데 말이야."

기대한 대로, 총장이 어조를 바꿔 말을 이었다.

총장은 커피를 한 모금 마시며 일부러 뜸을 들인 뒤, 그윽한 눈으로 김보성을 보았다.

"내가 자네를 총애하는 것과는 별개로, 내 위치는 남들 이야기가 나오기 딱 좋지. 이 위치에 오르고 나면 쉬이 입방아에 오르기 마련이야."

"예."

슬슬 본론이군.

김보성은 대답하면서 감정이 표정으로 드러나지 않게끔 애썼다.

총장은 그런 김보성에게서 눈을 떼지 않은 채로 말을 이었다.

"지금 만남조차도 남들이 보면 오해를 살 것이네. 물론 내가 자네를 아끼는 건 사실이지만, 그 바람에 너무 오랫동안 내 주변에 김 검사를 붙들고 있었던 거 같아."

글쎄, 그가 '김보성을 아꼈다'고 말하는 건 어디까지나 결과론이지 않을까.

하지만 총장의 화술은 그런 가설조차 자신의 전제로 만들었다.

"은퇴를 앞둔 이제 와서 이런 말을 하긴 뭣하지만, 슬슬 형평성이란 걸 고려해야 할 때가 온 거 같으이."

"……."

김보성은 그가 '은퇴' 운운했을 때부터 이 자리에 무슨 이야기가 나올지 짐작하고 있었다.

총장이 뒤이은 말은 김보성의 기대를 벗어나지 않았다.

"조만간 인사 발령이 있을 게야."

총장이 커피를 다시 한 모금 마셨다가 잔을 내려놓으며 말을 이었다.

"대한민국 국민들이란 어째서인지 다들 서울을 좋아해. 게다가 김 검사가 본래 몸담고 있던 동부지검은 특히 인기가 많은 자리지."

"……."

"김 검사도 어쩌다 보니 덜컥 광수대 같은 걸 맡아 버려서 그간 바빴을 걸세. 물론 그 바람에 자네가 원래 해야 할 일은 다른 검사들이 도맡아 처리해야 했고."

표면적으로는 총장의 말 그대로였다.

김보성이 광수대에 있으면서 해결되지 않는 한두 가지 사건에 매달려 있는 동안 원래 맡아야 했을 다른 일은 다른 검사들에게 넘어갔고, 이는 고스란히 인사고과에 반영되었을 것이다.

더욱이 광수대 건은 지금 와서는 계륵이나 매한가지인 것이 되고 말았다.

애당초 (경찰도 마찬가지지만)검찰 측도 이번 사건을 별로 중요하게 보지 않았다.

아니, 한강 변사체 사건은 살해 수법이 과감하고 훼손 상태가 엽기적이었던 데다가 박길태 건에선 총기가 사용되었단 점에서 중대 사건으로 인식하고 광수대를 조직하긴 했지만, 그것도 따지고 보면 어디까지나 여론을 의식한 행동이었을 뿐이다.

수사 중이던 한강 변사체 사건의 용의 선상에 박상대가 오르기 전까지만 해도 검경은 대체로 낙관적이었다.

하지만 박상대는 광수대처럼 급조한 조직이 건들기 어려운 거물이었다.

죽은 자는 영웅이 되는 법이다.

박상대가 구속 영장 발부 직전 사망한 것을 두고 여론은 '검찰의 늑장 대응으로 인해 불거진 일'이라며 떠들어 댔다.

그를 향한 구속영장 발부가 지지부진했던 건 담당 판사의

늑장 대응 때문이었음에도 불구하고 욕은 검찰 측이 다 얻어
먹으니, 검찰 입장에서는 괜히 한 것도 없이 억울할 터.

박상대가 저지른 비리며 각종 불법적인 일은 그와 손잡고
있었을 여당의 입김이 닿으며 대중의 머릿속에서 잊혀 갔고,
이런 마당에 검찰이 '이건 판사 잘못이에요!' 하고 떠들어 본
들 책임 회피냐며 안 먹어도 될 욕을 더 먹을 것이 뻔했으니
검찰도 속만 끙끙 앓았다.

더군다나 김보성이 붙들고 있는 일조차도 사안을 생각하
면 '이대로 덮어 버려도 무방'한 일이었다.

한강 변사체 사건의 정순애 살해 용의가 있던 박상대는 죽
음으로 불기소처분이 날 것이며, 박길태가 살해당한 건 마찬
가지로 김수영의 죽음—동시에 김수영이 살해된 것도 박길태
의 죽음으로 인해 쌍방 불기소처분이 떨어질 일이었다.

그러니 항상 일거리가 밀려 있는 검찰 입장에서는 '이만하
면 됐다'며 사건을 종결시켜도 상관없는 이야기였다.

더군다나 이 일의 공 아닌 공은 경찰청장이 직접 개입했던
광수대와 나눠 가질 것이므로, 김보성이 계속해서 철 지난
사건에 매달려 본들 어차피 검찰 입장에선 별 재미를 못 보
는 일이기도 했다.

"내가 나가면 하나씩 빈자리가 채워질 거야."

총장이 김보성의 상념을 뒤로하고 말을 이었다.

"지방 쪽에도 자리가 하나 날 예정이지. 김 검사, 한동안

지방에 내려가 푹 쉬면서 밀린 일도 처리하고, 쌓인 생각도 정리하게. 서울에 비하면 일감도 많지 않을 거야"

"……."

가는 말은 퍽 고왔지만 사실상 좌천이었다.

그것도 복귀가 예정되어 있지 않은, 좌천.

김보성은 이 보복성 인사 조치에 분노하기보다도 차라리 언젠가 안기부 사람이 했던 예언 아닌 예언이 성취된 것에 아이러니함을 느꼈다.

「뭐, 끝물이긴 해도 아직 조금 더 여지가 남아 있으니 보복성 인사 조치는 피할 수 없을 거란 게 내 개인적인 생각이지만…….」

김보성은 생각한 바를 내색하지 않으며 속으로 쓴웃음을 지었다.

'결국 벌어질 일이 벌어진 것뿐인가.'

한편 총장은 김보성의 침묵을 어떻게 받아들였는지 위로하듯 말을 건넸다.

"김 검사는 아직 경험이 부족해서 모르겠지만, 높은 자리로 올라가려면 잠시 몸을 낮추고 때를 기다려야 할 줄도 알아야 하는 법일세."

"……."

총장이 말을 이었다.

"또, 오늘 내가 자네를 부른 건 김 검사 입장에서도 지방 발령이 나기 전에 입장을 정리할 시간은 있어야 하지 않겠는가 해서기도 하고."

총장의 우려와 달리 김보성은 지방으로 '내려가는 것' 자체에 대해선 신경 쓰지 않았다.

다만, 아내는 아이들의 교육을 빌미로 내려가지 않을 것이고 그에 따라 한동안 혼자 지방으로 내려가 기러기 아빠 생활을 해야 한다는 것, 거기에 더해 이사의 번잡스러움 정도만이 김보성의 신경을 거슬리게 하는 요소였다.

더욱이 아내라면, 차라리 검사 때려치우고 변호사 사무실을 개업하라며 종용할 여인이기도 했다.

하지만 김보성은 아직 검사를 관둘 생각은 없었다.

이유는 모르겠지만, 곽철용이 이어서 했던 말이 퍼뜩 상기되었다.

「김 검사도 어디 지방에 내려가 잠시 쉬고 있다 보면 좋은 일이 있을 게야.」

그 '좋은 일'이 뭔지는 모르겠지만.

「……자네는 그저, 외압을 신경 쓰지 말고 그대의 신념대로 일을 밀어붙이기만 하면 되네..」

곽철용이 말한 밑도 끝도 없는 '좋은 일'이 따라올 것을 신뢰해서가 아니라, 김보성은 어차피 자신의 신념대로 일을 밀어붙이기로 했던 차였다.

그건 예전에 총장이 최갑철과 동석한 자리에 김보성을 초대하기 전부터 생각하던 것이기도 했다.

김보성이 입을 뗐다.

"그러면 지금 제가 하고 있는 일은 누가 인수받게 됩니까?"

김보성의 말에 총장이 한쪽 눈썹을 씰룩였다.

총장은 '이렇게까지 말했는데 말귀를 못 알아먹는 거냐'는 불호령을 함축해 쯧, 하고 혀를 찼다.

"그건 관여하지 않겠네."

관여하지 않는다.

그건 사실상 사건에 남은 앞으로의 시한부로, 총장의 은퇴와 함께 인사 조치 발령 이후는 사건이 종결되는 것을 뜻했다.

기분이 상한 총장은 자리에서 일어서며 정장 단추를 잠갔다.

"이만 가 보지. 모처럼이니 자네는 커피라도 마저 마시고 가게나."

총장은 성큼 걸음으로 호텔 카페를 나갔고, 멀찍이 앉아 있던 수행원이 황급히 그 뒤를 따랐다.

테이블에 홀로 남은 김보성은 총장이 남기고 간 커피 잔을 보며 쓴웃음을 지었다.

'지방 발령 전까지 사건을 마무리 지어야겠군.'

김보성은 자신 앞에 놓인 커피 잔을 홀짝였다.

자신은 총장의 눈 밖에 났다.

지방 발령은 확정이고, 단신 부임은 결정 난 마당에 언제 서울로 복귀할 수 있을지도 모를 상황이다.

그런 상황임에도 내려놓을 걸 내려놓았단 생각 때문일까.

'비싸서 그런지 몰라도 맛은 좋군.'

방금 전과는 달리, 왠지 더 향긋하게 느껴지는 커피였다.

강하윤은 박강선이 있는 아동 보호기관으로 향했다.

요한의 집에 맡겨 두었을 때부터 알아 온 박강선은 강하윤에게도 아픈 손가락이었다.

보통은 학대당한 아동들을 임시 보호하는 곳이었지만, 박강선의 경우는 모친이 살해당한 데다가 그 부친(공식적으로는 '그런 것으로 추정되는' 박상대)은 그 모친의 살해 용의자이자 사망한 상태에서 수사가 진행 중인 바람에 기관이 맡아 두고 있었다.

언제나 예산 책정 우선순위에서 밀려나기 일쑤인 기관이기 때문인지 환경은 요한의 집에 비해 뒤떨어졌고(그 예산 책정에 관여한 것이 박강선의 친부인 박상대였단 점은 다소 아이러니했다), 정 붙일 또래도 없는 상황에서 박강선은 쓸쓸해했다.

하지만 기관을 떠나도 양친을 잃은 박강선에게 남은 선택지는 다른 보육 시설로 자리를 옮기거나, 그 존재를 인정하려 하지 않는 먼 친척들을 설득해서 그들에게 위탁되게끔 하는 것이 전부였다.

'그래서 선배님은 되도록 요한의 집에 돌아갈 수 있게끔 조치를 취한다고 하셨지만…….'

그렇다고 한들 그나마 최선이 요한의 집으로 가는 것일 정도로, 어떤 의미로든 안타까운 상황뿐이었다.

입구에서 수속을 밟고자 하던 강하윤은 거기서 면식이 있던 인물을 만났다.

"아."

우연한 만남에 조금 놀란 상대는 정순애의 지인인 양춘자였다.

"안녕하세요."

강하윤은 애써 웃는 얼굴로 면식이 있는 양춘자에게 인사했다.

그녀는 이번 사건의 귀중한 증언자였지만, 박상대의 사후 그 입장도 흐지부지되어 이제는 경찰의 보호에서 벗어나 일상으로 돌아갈 준비를 하고 있던 중이었다.

"강선이를 만나러 오셨나 봐요."

양춘자에게 그것 외에 다른 용무가 있을 리는 없겠지만 강하윤은 말 붙일 구실을 찾기 위해 뻔한 말을 입에 담았다.

"네. 어째 자꾸 눈길이 가서요."

진한 화장을 하지 않은 양춘자는 수수한 듯하면서도 한때 그녀의 자랑이었던 미모가 남아 있었다.

그녀가 화장을 줄인 건, 박강선이 진한 화장품 냄새를 좋아하지 않아서였다.

양춘자가 말을 이었다.

"형사님께서도 강선이를 보러 오셨나요?"

"네. 그보다…… 말씀 편하게 하세요. 여긴 경찰서도 아니고요."

"그럴까요……. 그럼 하윤 씨로."

양춘자가 살포시 웃었다.

"그런데 저는 이런 곳 방문이 처음이어서 잘 모르겠는데, 하윤 씨가 좀 도와줄래요?"

"그럼요, 맡겨 주세요. 제가 도와드리겠습니다."

그래도 한 차례, 취조실에서 대화를 나눠 보아서인지 둘은 '면식만 있는 정도'를 벗어나 방금 전의 어색함을 금방 벗어던졌다.

"일단 신분증이랑……."

설명하며 발걸음을 옮기던 강하윤은 입구에서 나는 난동을 보며 입을 다물었다.

"왜 면회가 안 된다는 거예요?"

그들은 3~40대쯤으로 보이는 부부였는데, 난처해하는 기색의 접수원을 상대로 강짜를 놓고 있었다.

강하윤은 양춘자에게 양해를 구한 뒤, 그들에게로 갔다.

"무슨 일이십니까?"

남자는 강하윤을 말없이 위아래로 훑었고, 여자가 고개를 돌렸다.

"그쪽이야말로 누구신데요?"

"경찰입니다."

강하윤이 순순히 신원을 밝히자 부부는 움찔하더니 배타적이던 태도가 조금 누그러뜨려졌다.

"마침 잘됐네요."

주로 나서는 건 여자였는지, 여자가 말을 이었다.

"그쪽이 이 벽창호에 대고 말씀 좀 해 주세요. 아니 글쎄, 우리 애를 보러 왔는데 한사코 안 된다고만 하지 뭐예요?"

우리 애라니.

강하윤은 잠시 그들을 살폈다.

기관은 보통 아동 학대로 인해 부모와 아동을 격리할 필요가 있을 때, 가해자인 부모로부터 아동을 보호하는 곳이었다.

그러다 보니 종종 자신이 가한 학대를 '훈육이었을 뿐'이라고 주장하며 생떼를 부리는 사람은 왕왕 있었다.

'직접 보는 건 나도 처음이지만.'

강하윤은 일부러 엄격한 얼굴을 한 채 여자의 말을 받았다.

"일단, 면회 아동 이름이 어떻게 되죠?"

피해 아동 이름을 알아낸 뒤, 그쪽 담당 경찰에 연락해 부모를 끌고 가게 할 생각이었다.

그런데 여자의 입에서 나온 말은 의외였다.

"박강……. 여보, 박강정이었죠?"

"박강선."

"아, 맞아. 박강선이에요."

박강선을 찾아온 사람이라고?

강하윤은 눈을 가늘게 떴다.

그들은 박강선을 찾아온 것이라 말했지만, 한국에 박강선을 찾아올 만한 사람은 강하윤과 안면이 있는 사람이 아니면 없다고 봐도 좋을 정도였다.

애당초 박강선은 축복받지 못한 출생의 비밀을 간직하고 있었을 뿐만 아니라, 박강선의 먼 친척들―박상대 쪽의 일가 친척은 모두 그 존재를 인정하지 않으려 했다.

그 와중 박강선을 찾아온 40대 부부라.

가십거리를 찾아 온 언론 종사자로 보이지는 않았다.

강하윤은 그들을 경계하면서도 그 경계의 빛을 내색하지 않으며 입을 뗐다.

"실례지만 강선 군과는 어떤 관계이십니까?"

강하윤의 질문에 여자가 답했다.

"우리 그이가 강선이의 외삼촌이거든요."

여자는 자신들이 박강선의 외가임을 밝혔다.

슬슬 정순애 쪽 친척이 개입해 오지 않을까 생각했더니, 과연 생각한 그대로였다.

'한창 난리가 날 땐 연락도 되지 않더니, 이제 와서……'

강하윤은 그들이 박강선을 찾아온 이유를 알 것 같지만, 티를 내지는 않고 일부러 사무적인 어조로 말을 받았다.

"그러면 혹시 가족관계임을 증빙할 서류는 지참해 오셨습니까?"

"말씀 잘하셨어요."

여자는 핸드백을 뒤지더니 동사무소에서 떼 온 가족관계 증명서를 꺼내 팔랑팔랑 흔들었다.

"보이시죠? 여기 가지고 왔잖아요. 아니, 이걸 입구에서부터 보여 주고 있는데, 왜 우리 조카를 못 보게 하는지 모르겠네, 정말."

"……"

강하윤은 여자가 내민 서류를 형식적으로 살폈다.

정철구. 정순애의 오빠.

서류상 그들은 박강선의 외가 친척이 맞았다.

여자는 강하윤이 서류를 살피는 걸 보더니 재잘재잘 떠들어 댔다.

"어휴, 그 조그만 것이 얼마나 마음고생이 심했을까를 생각하면 어찌나 가슴이 아픈지. 이이가 이래 봬도 하루도 아가씨를 잊은 적이 없었답니다. 그런데 어떻게, 외국에 건너가서 살았다는데 연락이 될 리가 있나요. 간신히 연락이 닿았구나 싶었더니 그렇게 되어서는……."

입에 침도 안 바르고 거짓말을 늘어놓고 있었다.

경찰은 정순애의 신원 확인을 위해 몇 차례 정순애가 연을 끊은 가족과 연락을 해 보려고 했으나, 그들은 응하지 않았다.

저들은 어디선가 박강선이 가지고 있는 박상대의 유산 이야기를 주워듣곤 이를 타 내려고 수작을 부리는 것이리라.

그때 10살쯤 돼 보이는 꼬마가 우물쭈물하며 다가왔다.

꼬질꼬질한 복장에 다리 한쪽이 없는 로봇 장난감을 쥐고 있는 아이였다.

"엄마, 나 집 갈래."

"얘는 어른들 이야기하는데."

여자는 주저 없이 아이의 머리를 쥐어박았다. 아이는 조금 움찔하면서 머리를 매만질 뿐 별다른 반응이 없었다.

그제야 여자는 경찰 앞에서 애를 때렸단 걸 자각하곤 어색하게 웃었다.

"호호호, 얘가 좀 말썽이 심해서요."

"……."

여자가 어조를 바꿨다.

강하윤은 저들의 뻔뻔한 행동을 보며 속에서 욕지기가 치밀어 올랐지만, 저래도 박강선의 혈족이다. 법적으론 무슨 일이든 가족이 우선이다.

그러니 강하윤은 이들 부부를 상대로 애써 좋은 말을 늘어놓아야 했다.

"예, 서류 확인은 되었습니다만, 지금은 강선 군의 입장이 사건의 중요 참고인으로 등록이 되어 있어서……."

"그러니까요."

여자가 강하윤의 말을 끊으며 끼어들었다.

"그 어린 것이 이런 곳에서 마음고생을 하고 있다는 걸 알게 되니까 사람 된 도리로서 참을 수가 있어야죠. 고아원 같은 델 보내느니 우리 부부가 애를 맡는 것이 훨씬 좋지 않겠어요?"

"……."

그러면서 여자는 힐끗, 줄곧 어색한 얼굴로 강하윤 곁에 서 있던 양춘자를 보았다.

"저분도 경찰인가요?"

"아뇨. 정순애 씨의 지인입니다."

"저희 아가씨의 친구라고요?"

여자는 정순애가 집을 나와 어떤 생활을 했는지는 알고 있는 듯, 양춘자를 보는 눈에 경멸의 빛이 시나브로 비쳤다가 사라졌다.

"그러면 저분도 강정이를 보러 왔나 보네요. 그런데 그보다 가까운 가족이 강정이 면회를 할 수 없다면, 그건 말도 안 되는 일이죠. 옛날 같음 신문고 같은 거라도 울렸을 텐데."

그러면서 여자는 접수대를 흘겨보았다.

"그러면 저희 신원은 경찰이 인증했으니까, 이제 들어가 봐도 되겠죠?"

강하윤으로서는 그들을 만류할 입장이 아니었다.

"……그러시죠. 제가 말을 전해 두겠습니다."

강하윤은 하는 수 없이 접수대로 가서 박강선의 외삼촌과 외숙모 몫의 출입 수속을 밟았다.

"흥, 제때 좀 할 것이지."

여자는 강하윤이 내민 출입증을 홱 하고 빼앗아 챙겼다.

"근데, 경찰 아가씨 보시기엔 우리 강정이 어땠나요?"

"조용하고 착한 아이입니다."

"잘됐네요."

여자는 무슨 애완동물 고르듯 말했다.

"봐서 괜찮으면 입양이라도 하려고 했거든요."

"……"

감정적인 이야기지만, 강하윤은 저들과 박상선을 만나게 하고 싶지 않았다.

만일 자신이 경험 많고 원숙한 경찰이었다면, 이 상황에 다른 이유를 대서 저들과 박강선의 조우를 막을 수 있지 않았을까.

'······이럴 때 선배님이 계셨더라면.'

정진건이라면 아마, 무슨 이유를 대서라도 저들의 출입을 막아 주었으리라.

하지만 최근 정진건의 태도를 보면, 그런 스스럼없는 부탁을 하는 것도 꺼려졌다.

'어쩔 수 없는 일이야······.'

강하윤은 떨어지지 않는 발걸음을 뗐다.

보호기관의 아이들은 부모의 학대를 피해 온 것이다 보니 대체로 얌전하고 조용했다.

아이들을 모아 둔 곳이라곤 생각되지 않는 고요가 어색한 가운데, 유리창 너머 박강선은 한창 책을 읽고 있다가 반색하며 얼굴을 들었다.

"하윤이 누나! 춘자 이모!"

박강선은 활짝 웃으며 쪼르르 달려왔다가 두 사람과 동행한 낯선 얼굴을 보며 움찔했다.

여자는 박강선의 행색을 위아래로 훑었다가 미소를 지으며 말을 건넸다.

"네가 강정이니?"

"……안녕하세요, 박강선이라고 합니다."

여자는 그제야 줄곧 '강정'이라 부르던 박강선의 이름을 정정했다.

"응. 나는 강선이 외숙모야."

"외숙모면…….."

박강선의 눈은 힐끗, 그녀의 뒤에 묵묵히 서 있던 남자를 보았다.

"저분이 제 외삼촌인가요?"

"똘똘하네."

여자가 씩 웃었다.

"몇 살이니?"

"……일곱 살입니다."

"그러면 우리 만수랑 세 살 차이네."

여자가 고개를 돌려 주위를 두리번거리던 아이를 불렀다.

"만수야. 애, 만수야!"

아이가 다른 것에 정신이 팔려 있자, 여자는 신경질을 냈다.

"엄마 말 안 들으면 너 여기에 버리고 간다?"

그제야 아이는 박강선이 있는 곳으로 왔다.

"왜."

"인사해야지. 네 동생이야."

"동생?"

아이는 제 엄마가 그랬듯 박강선을 위아래로 훑더니 인상을 찌푸렸다.

"나, 얘 싫어."

"네가 싫고 좋고가 어딨니? 봐, 동생은 이렇게 의젓한데. 이제부터 내 동생이다, 생각하고 대하렴."

아이는 마지못해 다시 고개를 돌렸다.

"······안녕."

갑작스레 생긴 '형'이라는 존재에 박상선은 당황할 법도 했지만, 그래도 의젓한 얼굴로 먼저 손을 내밀었다.

"반가워, ······형. 나는 박강선이야."

아이는 박강선의 손을 물끄러미 보다가 코를 훌쩍였고, 박강선은 어색하게 손을 내리며 나름의 사교술을 발휘했다.

"그 장난감 형 거야?"

아이는 손에 든 로봇 장난감을 등 뒤로 돌렸다.

"왜?"

"······아니, 그냥. 한쪽 다리가 없어서."

"신경 꺼. 쪼그만 게."

아이는 다시 고개를 확 돌려 여자를 보았다.

"근데 얘가 왜 내 동생이야?"

"왜긴, 이제부터 우리 집에서 살 거니까 그렇지."

여자의 말을 들으며 박강선은 어리둥절해하는 얼굴을 했

다.

"저, 이제부터 외숙모님 댁에 가나요?"

"응. 좋지?"

"……."

좋고 나쁘고 이전에 아직 상황 파악도 되질 않는 얼굴이었
다.

박강선은 도움을 청하는 눈으로 강하윤을 보았지만, 그녀
로서는 해 줄 수 있는 게 없었다.

그래서 그저, 어색한 미소로 여자에게 말을 건넬 뿐이었
다.

"사모님, 강선이는 아직 사건의 중요 참고인이어서요. 향
후 강선이의 행적은……."

"경찰이 그런 것도 못 해요?"

보호기관에 들어와 박강선을 보고 나니 방금 전까지 비굴
한 느낌마저 들던 행태가 손바닥 뒤집듯 변했다.

"이 불쌍한 애를 우리가 맡아 주겠다는데, 왜 경찰이 가족
일에 개입하고 그래요? 말이야 바른 말이지, 강선이를 우리
가 맡아 주면 그쪽도 나쁠 거 없잖아요. 어차피 고아원에 보
내는 것 말고는 할 수 있는 것도 없으면서."

"……."

"아무튼 빨리 수속이나 밟아 줘요. 우리도 바쁜 사람이에
요."

물론 몇 가지 수속은 밟아야겠지만, 사건도 흐지부지되어가는 지금 보호자를 자처하는 혈족이 온 이상, 박강선이 저들 집에 들어가는 건 확정 요소였다.

강하윤이 박강선을 중요 참고인으로 보호하는 것도 한계가 있을 것이고, 그조차도 구차한 시간 벌이에 불과하리라.

과연, 이것이 최선일까?

강하윤은 저도 모르게 다시 한번 저들 가족을 살폈다.

서류상의 외삼촌인 정철구는 여기 와서도 줄곧 흐리멍텅한 눈을 한 채 만사에 관심이 없는 얼굴로 있을 뿐이었고—심지어 조카인 박강선과 인사도 하지 않았다. 직업은 있을까?—여자는 천박했으며 아이는 꼬질꼬질했다.

타인을 평가할 자격이 있는 건 아니었지만 박강선이 저들에게 입양된다 한들, 요한의 집에서 지내는 것보다 더 나을 것이란 생각은 들지 않았다.

그래 봐야 사건 담당자일 뿐, 완전한 타인에 불과한 자신은 박강선의 향후 행적에 대해 왈가왈부할 자격은 더더욱 없었다.

그때 잠자코 있던 양춘자가 입을 뗐다.

"듣자 듣자 하니 못 하는 말이 없네."

강하윤도 여기서 양춘자가 끼어들 줄은 몰랐다.

그건 여자도 마찬가지였던 모양으로, 경계하는 눈으로 양춘자를 보았다.

"……댁은 뭐예요?"

"뭐긴요, 순애랑 연락 한 번도 없던 당신들보단 더 가까울 거라고 생각하는 사람인데요? 어쩌면 강선이 엄마가 될지도 모를 사람이기도 하고요."

거기서 강하윤은 양춘자가 박강선을 책임질 생각을 하고 있단 것에 조금 놀랐다.

'그야, 양춘자 씨가 강선이를 좋게 생각한다는 건 알고 있었지만…….'

그러면서 양춘자는 고개를 치켜들었다.

"하긴, 염치가 있으면 연락도 안 해야겠지만, 그런 걸 모르는 사람 같긴 하네."

"이 사람이……."

여자는 양춘자를 노려보더니 고개를 홱 돌렸다.

"여보, 여기 좀 와 봐요."

"뭔데."

남자가 어기적어기적 다가왔다.

"또 뭔 일이야?"

"이 여자가 하는 말 좀 들어 보세요."

남자를 불러왔음에도 불구하고 양춘자의 기는 꺾이지 않았다.

"아, 그쪽이 순애 오빠 되는 사람? 인사가 늦었네요."

"……뭔 일이요?"

“뭐긴. 당신 여편네가 나랑 싸우면 질 거 같으니까 불렀겠지.”

양춘자가 이렇게까지 나오니 줄곧 흐리멍덩한 눈을 하고 있던 남자도 인상을 찌푸렸다.

“나를 언제 봤다고 시비요?”

“아, 뵙는 건 처음이네요. 순애한테 ‘말씀’은 좀 들었는데.”

그러더니 양춘자는 불안한 눈을 하고 있는 박강선의 귀를 막으며 미소를 지었다.

“왜요. 순애가 집 나가기 전에 저 ‘오빠’란 작자랑 양부한테 뭔 짓을 당했는지 여기서 말해 볼까요?”

“······씹.”

남자가 바닥에 퉤, 하고 침을 뱉었다.

“남이사, 그쪽이야말로 강정이란 애랑 생판 남 아니요? 그런데 입양?”

“뭐야, 듣고 있었네.”

“······왜, 법으로 싸워 봐? 나도 알 거 다 알고 온 사람이야, 왜 이래, 이거?”

“어이구, 그러셨요? 보아하니 강선이가 받을 유산이나 어찌해 보려고 온 모양인데. 댁들한테 자격은 무슨.”

강하윤은 얼른 둘 사이에 끼어들었다.

“싸우시면 안 됩니다. 싸우시려거든 나가서······ 아니, 그렇게 나오시면 세 분 다 퇴실 조치하겠습니다.”

"체."

남자는 하는 수 없다는 듯 마지못해 한 걸음 물러섰지만, 여자가 그 사이를 비집고 들어왔다.

"아니, 말이 나온 김에 해 봅시다. 그쪽이야말로 뭐기에 여기까지 와? 우리 남편 말마따나 생판 남 아닌가? 보아하니 술집 년 같은데, 나서긴 어딜 주제도 모르고 함부로 나서? 너야말로 강선이 돈 보고 오는 거 아니야?"

여자가 씩씩대면서 강하윤을 보았다.

"아가씨, 경찰이면서 이런 거 하나 처리 못 해요? 애들 교육이 얼마나 중요한데 저런 술집 년을 이런 곳에 들락거리게……."

"내가 술집 년이긴 해도, 키우면 댁들보다 잘 키웠지 못하지는 않아."

"이년이 진짜!"

머리끄덩이라도 잡으려는 건가.

이래 봬도 경찰이자 강력계 형사인데, 형사 앞에서 다들…….

강하윤이 입을 뗐다.

"그만하세요. 두 번째 경고입니다. 자꾸 그러시면……."

그때 문득, 강하윤의 머릿속에 떠오르는 사람이 있었다.

이 골치 아픈 상황을 단박에 해결해 줄 것만 같은, 그런 사람.

'······그래도, 이런 일로 불러도 괜찮을지 모르겠어.'

강하윤은 잠시 망설였지만, '자꾸 그러시면'의 뒷말을 기다리는 두 사람을 보며 결국 품속에서 핸드폰을 꺼냈다.

그렇다고 물론 그녀가 '경찰을 부르겠습니다'를 준비한 건 아니었다.

"변호사를 부르겠습니다."

"······엥?"

"변호사?"

물론 강하윤이 개인적으로 알고 지내는 변호사는 없지만······.

'성진이라면 한 사람쯤 소개해 주지 않을까?'

나는 이른 아침부터 유상훈 변호사의 사무실을 찾았다.

이제 본격적인 개업 변호사 티가 역력해진 유상훈의 사무실에는 다른 변호사도 소속되기 시작했고, 유상훈은 그들을 지휘해 제법 굵직한 민사 사건을 맡는 중이었다.

동시에 유상훈은 SJ컴퍼니의 일도 소홀히 하지 않았다.

"사장님, 오늘 일산출판사 측과 회담이 있다고 하셨죠?"

유상훈의 말에 나는 고개를 끄덕이며 주스 잔을 내려놓았다.

"예. 돌이켜 보면 참 길었습니다."

"흐흐, 그래도 M&M치고는 그렇게 길지도 않지요. 10년 이상 걸리는 송사도 있다는 걸 생각해 보면 그래도 수월한 편 아니겠습니까."

유상훈은 악당처럼 웃었다.

하긴, 일산출판사 측이 보기엔 우리만 한 악당도 없겠지.

그래도 먼저 독소 조항을 밑에 깔고 들어온 건 다름 아닌 저쪽이다.

더군다나 우리는 나름대로 그들에게 경영 일신의 기회를 주었을 뿐만 아니라 적잖은 목돈도 안겨 주었다.

암만 밑밥을 깔았다곤 하나 상황을 이 지경까지 몰고 간 선택은 저들의 책임이었다.

'그래도 SJ컴퍼니의 밑바탕이 일산출판사와의 거래에서 비롯했다는 건 부정할 수 없지. 그런 의미에선 조금 고맙긴 해.'

어디까지나 비즈니스적으로, 라는 의미지만.

유상훈이 말을 이었다.

"그런데 사장님, 이제 와서는 새삼스러운 이야기입니다만…… 저로서는 일산출판사를 인수하는 것에 무슨 큰 이익이 있는지 잘 모르겠습니다."

내 시선에 유상훈은 얼른 덧붙였다.

"뭐, 그야 사장님 회사에 이득이 되는 것은 분명합니다만, 사장님께서 이렇게까지 공을 들일 만한 일인가 싶어서요. 굳이 출판 시장 쪽에 눈을 돌리지 않아도 캐시 카우는 짭짤하지 않습니까?"

"그렇죠."

나는 유상훈의 말에 동의했다.

"말씀하신 대로 이번 일산출판사 인수로 벌어들일 기대 수익 자체는 크지 않습니다. 오히려 일산출판사가 떠안고 있는 부채며 적자를 감안했을 때 단기적으론 그 손실까지 감안해야 하겠죠."

"예, 사장님. 제 말이 바로 그겁니다."

유상훈이 자세를 고쳐 앉았다.

"2년 전에 사장님께서 한창 전자대백과사전 사업을 공동으로 추진하던 당시라면 모르겠지만, 지금 일산출판사는 그간 무리한 사업 확장과 헛발질로 상황이 건전하다고 볼 수 없는 상태입니다."

유상훈의 말마따나 전자대백과사전의 성공으로 고무된 일산출판사는 그 바닥이 레드 오션이 될 거라곤 짐작도 하지 못하고 과감한 투자를 감행했다.

하지만 인터넷의 등장으로 인해 전자대백과사전은 그 짧은 전성기에 방점을 찍었고—거기에는 우리가 지적재산권 이용 권한을 득한다는 숨겨 둔 조항이 한몫했지만—96년판 일산전자대백과 사전은 창고에 재고가 그득 쌓였다고 한다.

"그뿐이겠습니까, 저도 사장님 명령으로 그들과 몇 번 대화를 나눠 보았고 또 그 바닥 생리에 대해 겉핥기로나마 주워들었습니다만, 거기는 다른 곳보다도 인맥이 중시되는 고인 바닥으로 보였습니다."

유상훈은 저도 모르게 인상을 살짝 찌푸렸다가 얼른 미간 주름을 폈다.

"그런 판국이니 암만 인수합병으로 집어삼킨다 한들, 저희 같은 신생 회사가 그 판에 끼어들기에는 애로 사항이 뒤따를 것 같단 생각이 듭니다. 원체 고루한 분들이라 저희 말을 제대로 들을 것 같지도 않고요."

"그래서입니다."

나는 고개를 까딱였다.

"오히려 그런 곳이기에 우리는 일산출판사를 인수하는 것으로 그들의 노하우를 고스란히 얻게 되는 거죠. 만일 저희가 맨땅에서 출판 사업을 시작했다면 좀 더 먼 길을 돌아가야 했을 겁니다."

"한편으로는 말이죠."

유상훈이 떨떠름해하는 얼굴로 내 말을 받아쳤다.

"그렇기 때문에 오히려, 구태여 그런 일을 벌일 만한 가치가 있는지 의문입니다. 사장님이 저보단 더 잘 아시겠지만 SJ컴퍼니는 소프트웨어 및 전자 쪽에 특화된 회사이고, 모기업은 자타공인 국내 최고를 달리는 삼광전자이니 굳이 새로운 시장을 개척하는 것보단 저희가 잘할 수 있는 일에 집중

하는 것이 옳지 않을까요."

유상훈은 그 스스로 조언이 선을 넘지 않게끔 어깨를 으쓱이며 덧붙였다.

"어디까지나 제 짧은 식견에서 드리는 말씀일 뿐이지만 말입니다."

"아뇨. 유 변호사님이 우려하시는 바는 저도 알고 있습니다."

나는 빙긋 미소 지었다.

"하지만 하드웨어가 선행되지 않는 소프트웨어는 속 빈 강정이죠. 아니, 이번 경우엔 강정의 소만 있을 뿐이라고 해야 할까요."

유상훈은 내 말에 어리둥절해하는 얼굴을 했다.

"……말씀하시는 건, 출판 시장이 하드웨어라는 의미입니까?"

"출판사를 인수하는 건은 거기서 제작한 책이며 잡지, 거기에 예속된 인력만을 수급하는 것이 아닙니다."

나는 한 차례 뜸을 들였다가 물었다.

"혹시 아마존이라고 아세요?"

"……브라질 열대 우림 말씀이십니까?"

유상훈쯤 되는 사람도 아직 아마존 하면 회사보다 장소를 생각하고 마는군.

나는 고개를 저었다.

"아뇨, 제가 말씀드린 건 동명의 미국의 온라인 서점입니다."

"온라인 서점……."

내가 살던 근미래에는 구글에 아마존을 검색하면 아마존 닷컴이 가장 먼저 뜨던 때였으나, 지금은 아직 그 위상이 만천하에 울려 퍼지기 전이었다.

아마존은 초창기엔 온라인으로 '서적'을 유통하는 회사에 불과했으나, 향후 '모든 것'을 판다고 할 수 있을 정도의 온라인 유통 마켓으로 성장해 나중에는 업계 1위의 온라인 쇼핑몰이자 시총 2,000조 달러에 달하는 거대 기업으로까지 거듭나게 된다.

'물론 그 과정이 순탄치만은 않았고, 적잖은 우여곡절도 제법 있었지만……. 사람들은 결과에 주목하기 마련이지. 나역시도 그렇고.'

하지만 유상훈은 '온라인 서점'이라는 생소한 경영 방식에 더 흥미가 간 모양이었다.

"식견이 짧아서 그런지 말씀을 듣고도 감이 오질 않는데요. 그러면 온라인으로 서적을 주문하면 그 책이 집까지 배송되기라도 하는 겁니까?"

"바로 그겁니다."

"미국은 벌써 그런 것이 생겨난 모양이군요. 과연 현대의 로마라 불리는 나라답습니다, 하하."

유상훈은 너털웃음을 터뜨렸다가 어조를 바꿔 물었다.

"이제야 조금 이해가 되는군요. 그러면 사장님께서는 일산출판사 인수로 출발해 온라인 서점을 준비하시려는 거고…… 더욱이 SJ컴퍼니라고 하면 IT 업계에서도 선두를 달리고 있는 회사이니 사장님의 계획도 충분히 가능하리라 봅니다."

내 미소를 어떻게 해석했는지, 유상훈이 웃으며 떠들어 댔다.

"이거 참, 그러면 사장님께서는 SJ컴퍼니를 창립하실 때부터 만반의 준비를 갖춰 두고 계셨던 거군요. 놀랍습니다. 그때만 하더라도 인터넷이란 건 참 생소했는데 말이죠."

내 기준에서는 대중 인식 전반에 아직도 '생소'한 매체라 여기고 있지만, 그래도 요즘은 그게 뭐 하는 건지 정도는 다들 알게 되었으니 요 몇 년 부지런히 토양을 일궈 둔 보람이 있다고 하겠다.

'이를 오롯이 내 공으로 돌리면 자만이 되겠지만, 전생과 비교해서 현 상황이 그런걸.'

유상훈이 씩 웃었다가 미소를 거뒀다.

"그런데…… 사장님께서는 그게 큰돈이 될 거 같으십니까?"

"무슨 의미입니까?"

유상훈이 손사래를 쳤다.

"아, 별 뜻은 아닙니다. 말씀하신 아마존이라는 곳의 수완은 넓은 땅덩어리를 가진 미국이라는 국가이기에 가능한 장사 수완이 아닐까 해서요. 그만큼 고객도 많고, 그만한 수요도 따르기 마련이니까 말입니다."

"그것도 있겠죠."

"말씀대로입니다. 하지만 대한민국은 아무래도 좁지 않습니까. 저로서는 사람들이 굳이 온라인으로 무언가를 주문한다는 번거로움을 감수해 가며 책을 주문할 거 같진 않아서요. 게다가 한편으로는 고작 '책' 아닙니까. 마진이 그렇게 높을 거 같진 않군요."

나는 고개를 끄덕였다.

"그럴 겁니다."

거듭된 긍정에 유상훈은 눈을 가늘게 떴다.

"······혹시 제가 모르는 다른 안배도 있는 겁니까?"

고개를 끄덕이긴 조금 그랬지만, 나는 고개를 끄덕였다.

"방금 이야기한 아마존이란 기업을 다시 예로 들어 보죠. 유 변호사님께서는 아마존의 강점이 무엇이라고 생각하십니까?"

유상훈은 잠시 생각하다가 턱을 긁적였다.

"집에서 책을 받아 볼 수 있다······? 흠, 개인적으로는 한번 서점에 들르면 선 곳에서 이것저것 훑어보곤 하는지라 그다지 내키는 이야기는 아닙니다. 뭐, 요즘은 좀처럼 그런 시간을 낼 수 없긴 합니다만, 젊었을 적에는 그렇게 시간을 때 우곤 했죠."

나는 미소를 지었다.

"아마존의 성장 동력은 그저 집에서 책을 받아 본다는 것에 있는 것이 아닙니다."

아직은 시기상 그들이 기업 공개를 하지 않아서 그 성공을 전제로 삼기 조심스러웠지만, 유상훈은 괘념치 않는 눈치였다.

"그러면요?"

"인터넷을 통해 절판된 책, 구하기 힘든 책을 구할 수 있단 점이죠."

전생, 초창기 아마존은 그런 방식으로 고객을 확보했다는 것을 읽은 기억이 났다.

내 말에 유상훈은 아, 하고 고개를 끄덕였다.

"과연. 저도 꼭 읽고 싶은 책이 있는 경우라면 단골 서점에 부탁을 하는 경우가 있지만, 그것도 귀찮아서인지 좀처럼 하지 않게 되더군요. 하지만 어쨌건 온라인으로 책을 구매한다면 전국에 있는 재고 품목에서 개인에게 배송이 가능하단 장점이 있겠군요."

"예. 또한 그러자면 그에 따른 선결 조건이 있죠."

나는 유상훈을 보며 말을 이었다.

"유통망의 확보입니다."

"……"

유상훈의 표정이 진지해졌다.

"유통망의 확보라면…… 사장님께서 S&S를 통해 해 오고 계신 것 말씀이군요."

"뭐, S&S는 식품 유통 쪽이지만요."

나는 어깨를 으쓱였다.

"하지만 부패나 손상의 걱정이 덜한 품목에 손을 뻗는다면 S&S에서 제공하는 유통망과 다른 노선을 택할 수 있게 됩니다. 오히려 그러는 편이 유통 과정의 비용 절감도 가능하죠."

"……즉, 사장님께서는."

"예. 전국적인 유통망을 확보하는 것이 온라인 마켓의 첫걸음입니다. 그 일에 일산출판사가 가진 노하우는 훌륭한 밑거름이 되어 주겠죠."

유상훈은 진지한 얼굴로 잠시 생각에 잠겼다가 고개를 들었다.

"그렇게 된다면, 팔 수 있는 건 비단 책뿐만은 아니겠군요."

"예. 당장 저희가 할 수 있는 것 중에는 바른손레코드와 협력해 음반을 판매할 수도 있겠고……."

아마존 역시 기업을 확장하면서 음반 판매도 겸했다.

"……개구리컴퓨터로 눈을 돌리면 그들이 취급하는 조립

식 컴퓨터 부품도 가능해질 겁니다. 필요하다면 뉴월드백화점과도 손을 잡고 여러 상품을 구매자에게 유통하는 것도 가능하겠죠."

그 뿐만 아니라 의류, 가전, 부품 등, 온라인에서 취급할 수 있는 건 그 품목만으로도 셀 수 없을 지경이다.

유통 과정이 줄어들수록 물건값이 떨어지는 건 당연한 이야기다.

온라인 쇼핑몰이란 사실상 인터넷에 존재하는 가상 백화점으로 기능하면서, 싼값에 많은 고객을 확보하는 것에 의의가 있다.

각종 물품을 헐값에 구할 수 있다는 미국의 블랙 프라이데이 역시도 유통 업체의 창고 운영 비용을 줄이고자 마진을 최소화하면서 '재고 떨이'를 하는 것이 목적이니만큼, 유통과 상품 적재는 상품 가격에도 영향을 끼치는 요소였다.

유상훈은 고개를 끄덕였다.

지금 그는 머릿속으로 '온라인 쇼핑몰'의 무궁무진한 가능성을 떠올리는 중일 터다.

'패러다임의 전환은 사소한 계기만으로도 촉발되기 마련이지.'

유상훈이 조심스럽게 입을 뗐다.

"그러면…… 요즘 조광과 접촉하고 있는 것 역시 계획하시는 일의 연장선입니까?"

"……."

조광을 이용한다.

그건 아무리 유상훈 앞이라 하더라도 섣불리 대답하기 어려웠다.

솔직히 말하자면, 조세광과 접촉할 당시만 하더라도 조광을 이번 일과 엮어 볼 생각은 하지 않았다.

조광의 주 사업은 전국적으로 화물 유통 운송업을 하는 물산 쪽이긴 하나, 그렇다고 해서 내가 어떻게 끼어들 만큼 만만한 회사는 아니었다.

'게다가 조폭이나 다름없는 그들만의 유대로 끈끈하게 뭉친 곳이니…….'

오히려 조광은 섣불리 손을 잡았다가 이쪽이 털리지나 않으면 다행인 곳이다.

하지만 조광을 끌어들일 수만 있다면 분명 내가 하고자 하는 일에 시너지를 불러일으킬 것임은 분명했다.

'게다가 요즘 조광 돌아가는 걸 보면…… 어떻게 가능할 것처럼 보이기도 한단 말이지.'

당장 내 사람이라고 할 수 있는 구봉팔이 요직에 앉아 있었고, 내게 협력적인 조세화가 (그녀 스스로도 모를 유산 상속으로) 지분의 1/3을 내정 중이다.

조광의 일이 앞으로 어떻게 흘러갈지는 알 수 없지만, 지금으로서는 제 앞가림에도 급급한 조광이니 내가 숟가락을 엎어도 최소한 방해는 하지 않을 것이란 게 현시점에서의 판단이다.

물론 그것도 이번 '사건'이 내가 바라는 방향대로 마무리될 때의 이야기지만…….

'조설훈이랑 조지훈만 어떻게 하면 될 것 같기는 한데.'

어째, 비 온 뒤에 땅이 굳는다고 전생의 이맘때보다 더 끈끈해지고 만 것이 나로선 애석했다.

'쓥, 어쩔 수 없지. 지금으로선 조세화의 유산 상속 때 분열되길 바랄 수밖에. 그렇지 않더라도 어차피 내게 손해는 없고.'

하지만 나는 생각을 내색하지 않으며 미소로 유상훈의 말을 받았다.

"그런 이유는 아니었지만, 조광이 도와준다면 나쁠 건 없겠죠."

내가 조성광 회장으로부터 도청기를 받았을 때부터 이 사건이 흘러가는 모양새를 알고 있던 유상훈은 미소 띤 얼굴로 고개를 끄덕였다.

"예. 사장님께서는 마침 조광의 3세들과 어울려 다니고 계시니까요."

또, 결과적이긴 하나, 조광의 실세인 이번 생의 조설훈과 조지훈은 지금의 나를 호의적으로 보고 있었다.

그러니 만에 하나 계획이 빗나가서 이번 사건이 무혐의로 종결되더라도 나로선 손해 볼 것 없으리라.

'그만큼 내 몫은 줄겠지만, 손을 잡자는 내 제안을 거절하지는 않을 거야.'

그 직후 유상훈이 어조를 고쳐 말을 이었다.

"하지만 조금 신중할 필요는 있을 듯합니다."

나는 고개를 끄덕였다.

"예, 그러다가 자칫 제가 연루되어 있다는 게 알려져 할아버지나 아버지께 경영권을 빼앗기기라도 하면 큰일이니까요."

"……꼭 그런 의미만은 아닙니다만."

유상훈이 쓴웃음을 지었다.

"암만 멀찍이서 불구경을 한다고 해도, 거리 분간을 못하면 옷이나 얼굴에 검댕이 묻기 마련 아니겠습니까. 남은 건 공권력에 맡기고 더 이상은 가까이하지 않는 편이 좋을 듯합니다."

유상훈이 우려하는 바는 나도 익히 알고 있다.

말마따나 그러잖아도 이번 조광 일에 나는 필요 이상으로 개입해 있는 상태였다.

더군다나 최근엔 왠지 모르게 김보성이 나를 예의주시하는 느낌이었고, 정진건 또한 대놓고 티를 내지는 않으나 나를 경계하는 느낌이 물씬했다.

그렇다고 내가 공범으로 기소될 일은 없겠지만, 이번 사건

의 배후에 내가 암약하고 있었단 사실이 알려져서 좋을 건
하나도 없다.

'신중할 필요는 있어.'

도청기를 찾은 건 내 의지가 아니었다. 하지만 그걸 조세
광과 조세화 남매에게 떠넘긴 건 내 의지였고, 그 결과 박길
태라는 이름만 알고 있을 뿐 병실 앞에서 스치듯 만났던 인
물이 사망했다.

'그렇게 중요하진 않지만, 뭐, 나중에 조세광의 오른팔이
될 김수영도 그 자리에서 죽긴 했지.'

김기환에게 듣기로는 조광이 내통자까지 써 가면서 사건
을 무마하려고 안달복달이라고 했으니, 정황상 박길태 살해
범은 조세광일 것이 분명했다.

'그놈의 욱하는 성질머리가 일을 자초했을 거야.'

조세화 역시 내색은 하지 않고 있지만, 조세광이 유력한
용의자임을 모르지는 않을 것이다.

'그래도 김기환을 통해서 검찰에 괜찮은 증거자료를 뿌려
뒀으니 머지않아 톱니바퀴가 굴러갈 터.'

그럴 때일수록 마각이 드러나지 않게끔 더욱 신중해야 함
은 물론이다.

나는 소파에 등을 기댔다.

"그 부분은 걱정하지 않으셔도 됩니다. 지금은 제가 조광
에 개입할 여지도 없고, 조설훈에게도 이 이상 연루되지 않

겠단 암시를 던져두었으니까요."

어차피 지금으로선 더 이상 이 일에 개입할 명분도 없고.

'굳이 말하자면 뭔가 하나 터질 게 있긴 한데……. 그게 언제가 될지는 나도 모르겠군.'

유상훈이 고개를 끄덕였다.

"그렇다고 하시니 다행이긴 합니다. 뭐, 사장님이 계획하시는 일이니 어련히 잘 풀리겠지요. 그리고……."

그때 전화가 울렸다.

내 핸드폰이었다.

나 원, 하루빨리 발신 이력이 뜨게끔 해야 할 텐데 영 익숙해지질 않는다.

"실례하겠습니다."

혹시 중요한 전화일지도 모르니, 나는 유상훈에게 양해를 구한 뒤 몸을 돌려 전화를 받았다.

"여보세요."

─여보세요. 성진아, 나야. 강하윤.

이 시간부터 누군가 했더니 강하윤이었다.

"네, 하윤이 누나. 무슨 일이세요?"

가만히 앉아 내가 통화하는 양을 지켜보던 유상훈은 내가 어린애처럼 꾸민 목소리에 쓴웃음을 지었지만, 나는 아랑곳하지 않았다.

─아, 응. 다름이 아니라…… 혹시 지금 바쁘니?

바쁘다면 바쁘지만, 중요한 정보원을 소홀히 대할 수는 없는 노릇이다.

"괜찮아요. 무슨 일인가요?"

수화기 너머 강하윤의 그녀답지 않은 어딘지 우물쭈물하는 목소리가 내 말을 받았다.

─으응. 혹시 알고 있는 변호사가 있으면 소개 좀 해 줄 수 있을까 해서…….

변호사? 마침 눈앞에 있긴 한데.

그래도 변호사를 찾는다는 건, 여느 때고 누구에게나 마냥 좋은 일은 아니다.

하물며 강하윤이 나를 통해 변호사를 찾는다니, 제법 심각한 일일 듯했다.

"물론이죠. 해 드리고 말고요. 그런데 무슨 일인가요?"

나는 조심스럽게 덧붙였다.

"아, 혹시 제가 들으면 안 되는 거라면……."

─아니. 그렇지는 않아. 실은…….

부스럭, 저 너머로 강하윤이 잠시 자리를 피하는 기색이 느껴졌다.

그리고· 나는 핸드폰으로 강하윤의 간략한 설명을 들으며 내심 타이밍 한번 공교롭다고 느꼈다.

─……이런 상황이야. 좀 더 자세한 건 변호사님과 직접 만나서 이야기했으면 하는데…….

그 정도야 이쪽이 바라 마지않던 일이었다.

"네, 가능할 거 같아요. 그러면 연락을 넣어 보겠습니다."

－응. 가능하면 빠를수록 좋은데, 부탁해도 될까?

물론, 지금 당장이라도 갈 수 있지.

"네, 그렇게 할게요. 먼저 끊겠습니다."

나는 딸각, 하고 폴더를 덮어 통화를 마친 뒤 유상훈을 향해 미소를 지었다.

"유 변호사님, 민사사건 하나 맡아 보실래요?"

유상훈은 이미 자신의 동의를 얻지도 않고 내심 승낙했으면서 새삼 무슨 소리냐는 듯 어깨를 으쓱였다.

"어떤 사건입니까?"

나는 유상훈에게 구미가 당길 만한 이야기를 했다.

"어느 한 소년의 유산상속 문제예요."

"……흐음."

단지 그것만으로도 유상훈은 내 말이 무슨 의미인지 단박에 눈치챈 듯 씩 웃었다.

"이거 참, 마침 파리 떼가 꼬인 모양이군요."

"예, 그렇게 됐습니다."

"뭐, 언젠가는 터질 일이라고 생각은 하고 있었으니까요. 그런데 친가입니까, 아니면……."

"외가입니다."

"운이 좋군요."

유상훈이 고개를 끄덕였다.

"부자가 망해도 삼대는 간다고 친가 쪽이었으면 조금 복잡할 뻔했습니다만, 그게 아니면 어린애한테서 사탕을 뺏는 것보다 쉽죠."

유상훈이 웃으며 덧붙였다.

"아, 물론 사장님 이야기는 아닙니다."

그야 그렇겠지.

지금 내게서 사탕을 빼앗으려거든 이태석이나 이휘철쯤은 불러야 할 거다.

"사장님의 소개니까 수임료는 싸게 받겠습니다."

유상훈은 선심 쓰듯 말했지만, 박강선의 유산 문제라면 수임료 정도는 푼돈으로 느껴질 만큼 성공 보수가 따라올거다.

"뭐, 그건 위임자와 이야기해 보면 되겠죠."

"그래도 사장님이 주신 것보단 많이 주시길 기대하고 있습니다. 하하."

만 원이 어때서.

서슬 퍼런 시설 대기실에서 강하윤은 정철구 가족과 양춘자 사이에 끼여 좌불안석이었다.

'언제쯤 오는 거야.'

그야 연락을 넣은 지 얼마 되지 않았으니 당장 올 거라 생각하진 않았지만, 지금은 1분 1초가 체감하는 이상으로 길었다.

아니나 다를까, 여자 쪽이 먼저 짜증을 냈다.

"아가씨, 그래서 대체 변호사는 언제 온다는 거예요?"

이제는 숫제 경찰 운운도 아닌 아가씨다.

저들에게 우위에 설 일말의 계기를 던져 준 건 다름 아닌 자신이었으니 강하윤은 그 호칭을 정정하지도 않고 인내심을 발휘해 미소를 지었다.

"곧 오실 겁니다."

"나 참, 바쁜 사람더러."

평일 오전부터 이런 곳을 찾아온 사람이 과연 바쁠까 싶었지만, 강하윤은 아무런 대꾸도 하지 않았다.

되면 좋고 아니면 말고 하는 기분으로 여기까지 온 저들은 지금 일이 본격적으로 흘러갈 기미가 보이자 불안한 것이리라.

'이대로 만남이 무산되더라도 못 이기는 척 돌아가 준다면 좋겠지만……'

열 길 물속도 모르는 일, 사람 속내야 오죽할까. 섣불리 장담할 수 있는 일도 아니었다.

그리고 마침내, 대기실 문이 열렸다.

"어휴, 요즘 부쩍 더워졌군요."

정장 차림의 뚱뚱한 남자가 손수건으로 땀을 닦으며 대기실로 들어섰다.

한눈에 보기에도 '변호사'라는 느낌이 물씬 풍기는 남자의 정장 상의에는 금색 테를 두른 무궁화가 자리를 잡고 있었다.

"그래도 조만간 비 소식이 있다고 하니, 그게 더위를 식혀 주길 바라야지요."

남자는 사람들을 보며 그렇게 너스레를 떨어 댔고, 그 별 것 아닌 말은 이들에게 변호사란 직업이 가져오는 딱딱한 선입견을 조금 벗겨 주었다.

뒤이어 그는 다소 연극적인 몸짓으로 아차 하더니 대기실에 있는 인물의 면면을 살핀 뒤 자리에서 일어나 있는 강하윤을 곧장 알아보았다.

"인사가 늦었습니다. 변호사 일을 하고 있는 유상훈이라고 합니다. 전화를 거신 분입니까?"

"아, 옙. ××경찰서 강하윤 형사입니다."

대표로 인사한 강하윤을 보며 짧게 고개를 끄덕인 유상훈은 면면에 사람 좋아 보이는 미소를 띠었다.

"그렇군요. 처음 뵙겠습니다, 강하윤 형사님. 저희 사장님께 말씀은 많이 들었습니다."

능숙하게 빈말을 늘어놓은 유상훈이 미소 띤 얼굴을 유지한 채 말을 이었다.

"아, 이성진 사장님은 바쁘셔서 자리에 함께하지 못했습니다. 양해 부탁드립니다."

이성진이 불참한 건 여기 오기 전 짧은 상의 끝에 내린 결론이었다.

여기서 이성진은 어디까지나 강하윤의 개인적인 부탁을 받아 변호사를 중개해 주었을 뿐이란 입장을 견지하기로 했으므로.

방금 전까지만 해도 둘이 한 장소에 함께하고 있었다는 걸 꿈에도 모르는 강하윤은 송구스러워하며 고개를 꾸벅 숙였다.

"아니에요. 변호사님도 갑작스러우셨을 텐데, 이 자리에 와 주신 것만으로도 감사드립니다."

"하핫, 그런 건 신경 쓰지 마십시오. 마침 저희도 일이 없어서 곤란했거든요."

개업 후 계속 바쁜 유상훈 변호사였지만, 이는 의뢰인에게 부담을 주지 않기 위한 그 나름의 처세술이었다.

유상훈은 자신의 직업을 서비스업의 일종이라고 보고 있었으니까.

유상훈은 짧게 고개를 까딱인 뒤 고개를 돌렸다.

"그런데…… 제 의뢰인은 누구입니까?"

고개를 돌린 유상훈의 시선은 양춘자 곁에 얌전히 앉아 있던 박강선을 향해 있었고, 양춘자가 박강선을 대신해 입을 뗐다.

"저희예요."

유상훈은 살짝 고개를 들어 양춘자를 바라보았다.

"죄송합니다. 전화로 짤막하게 상황을 전해 들어서 아직 상황 파악이 되질 않는군요. 선생님께서는……?"

"아, 저는 양춘자라고, 여기 있는 박강선의 보호자예요."

"보호자. 법적으로요?"

자신을 보는 유상훈의 눈이 공적인 빛을 띠자, 양춘자는 움찔하며 고개를 저었다.

"아, 아뇨. 그런 건 아니지만…….."

"알겠습니다."

사무적으로 말허리를 끊은 유상훈이 고개를 돌렸다.

"선생님께서는요?"

유상훈의 시선을 받은 박강선의 외척은 변호사가 자리에 오는 상황을 진심으로 염두에 두고 있진 않았는지 당황한 기색이 역력했으나, 이내 정신을 차린 여자가 어딘지 비굴해 보이는 웃음을 지으며 대답했다.

"저희 바깥양반이 저 아이의 외삼촌이에요. 저는 외숙모고요."

"그러셨군요."

유상훈이 미소 띤 얼굴로 고개를 끄덕였다.

"그러면 방계이긴 하나 법적으로는 박강선 군의 혈족에 해

당하니, 선생님 내외야말로 보호자를 자칭하실 수 있겠군요."

그 말에 여자는 거 보란 듯 의기양양한 얼굴로 양춘자를 보았다.

'어라, 이게 아닌데…….'

이 상황에 가장 크게 당황한 건 강하윤이었다.

그야 이성진에게 변호사 선임을 부탁하기는 했지만, 그건 박강선의 사정을 헤아려 이쪽 편을 들어 주길 바란단 은근한 요청을 내포한 것이었는데…….

하지만 어째 이성진이 찾아 준 변호사는 지금, 박강선의 외척에 손을 들어 주려는 모양새였다.

'혹시 내가 설명을 잘못했나?'

강하윤은 양춘자의 손을 꼭 붙잡는 박강선을 보며 입이 바짝 마르는 걸 느꼈다.

유상훈은 그 얼굴에 박힌 채 지워지지 않을 것 같은 미소를 유지한 채로 고개를 돌렸다.

"전화로 짧게 전해 듣기는 했습니다만, 지금이 어떤 상황인지 제게 설명해 주실 분이 계신가요?"

그는 특정 대상을 콕 짚어 말하진 않았으나, 강하윤은 그 시선이 자신을 향하고 있단 생각에 내심 떨떠름해하면서 힐끗 박강선의 눈치를 살폈다.

"……변호사님께는 여기 있는 박강선 군의 양육권 문제로 연락을 드렸습니다."

"아, 그러셨군요. 간결한 설명 감사드립니다."

뒤이어 그는 양춘자와 정철구 가족을 번갈아 보았다.

"그리고 두 분께서는 각각이 박강선 씨의 보호자가 되었으면 하시는 거군요."

양춘자는 아무 대답도 하지 않았고, 유상훈이 제 편이라고 생각한 여자가 맞장구를 쳤다.

"맞아요. 저 여자는 생판 남인 주제에 남의 집안일에 끼어들었다니까요."

그쪽이야말로 그동안 사실상 생판 남이나 다름없이 지내와 놓고선.

양춘자는 욱하는 마음에 그런 식으로 받아치려다가, 그녀 스스로도 박강선을 내버려 두고 고향으로 도망쳤단 자각에 이르러 말하길 관뒀다.

유상훈은 그런 양춘자를 물끄러미 바라보다가 고개를 끄덕였다.

"개인적으로 알고 지내는 분의 소개로 오긴 했습니다만, 변호사에게도 의뢰인을 고를 권리는 있습니다. 이 자리에서 드리는 말씀은 공식적으로 드리는 법률 자문은 아닙니다만, 현재로서는 양춘자 씨에게 입양 우선권이 없다는 말씀을 드리고 싶군요."

"……"

유상훈의 말에 양춘자는 떨떠름한 기색을 애써 감췄다.

뒤이어 유상훈은 몸을 낮춰 박강선을 보았다.

"박강선 씨."

아직 상황이 어떻게 돌아가는지 모르는 박강선은 눈을 동그랗게 떴다.

"……네? 저요?"

"예. 당사자이신 박강선 씨는 어떻게 했으면 좋겠습니까?"

박강선은 자신을 어른처럼 취급해 주는 유상훈의 태도에 다소 어리둥절해하면서 양춘자의 손을 다시 한번 꼭 잡았다.

양춘자는 그런 박강선의 손을 맞잡아 주었고, 박강선은 그 덕에 용기를 냈다.

"조금, 여쭤봐도 될까요?"

"그럼요."

"저는 그러면 나중에 외삼촌 댁에 가서 지내게 되는 건가요?"

"아직 확정 요소는 아닙니다."

유상훈은 습관적으로 그렇게 말했다가 얼른 박강선도 알아듣게끔 말을 고쳤다.

"좀 더 풀이해서 전해 드리자면, 변호사로서 박강선 씨가 바라는 방향으로 추진할 수 있게끔 노력하겠습니다."

그 풀어낸 말조차 박강선에게는 다소 어려웠다.

"어, 음, 그러면 아저씨는 저를 도와주시는 건가요?"

"저를 변호사로 선임하신다면 그럴 겁니다."

"선임?"

"고용이라고도 하죠. 자, 그러면 박강선 씨. 저를 변호사로 선임하시겠습니까?"

박강선은 잠시 이 자리에 모인 어른들의 눈치를 살피다가 조심스럽게 고개를 끄덕였다.

그 몸짓에 유상훈은 씩 웃으며 손을 내밀었다.

박강선은 우물쭈물하다가 유상훈과 악수를 했다.

"이러면 되는 건가요?"

"음, 그 전에 '수임료'를 받아야 하는데요."

"수임료……?"

"돈을 주셔야죠. 저도 공짜로 일을 할 수 없는 입장이어서요."

이 사람이 이제는 애한테서 돈을 갈취하려고 하나.

유상훈에 대한 첫인상이 좋지 않았던 양춘자가 화를 내며 끼어들려던 찰나, 조용히 고개를 젓는 강하윤을 보며 생각을 고쳤다.

'내가 모르는 뭔가가 있는 걸까.'

양춘자까지 아무 말도 하지 않고 가만히 있으니, 박강선은 주머니를 뒤적여 만 원짜리 지폐 몇 장을 꺼냈다.

"이것뿐이에요. 엄마가 용돈 하라고 주신 건데……."

"충분합니다."

고작 만 원에 자신을 고용한 이성진에 비하면 무려 세 배나 되는 수임료였다.

유상훈은 박강선에게서 3만 원을 받아 주머니에 챙긴 뒤 끙차, 하고 뚱뚱한 몸을 힘겹게 일으켰다.

"그러면 저는 이제부터 박강선 씨의 법률 대리인으로 선임 되었습니다."

"자, 잘 부탁드려요."

둘은 다시 한번 악수를 나눴고, 유상훈은 얼굴에 걸린 미소를 슬쩍 거두면서 박강선의 곁에 섰다.

"어디, 이제부터 한번 의뢰인의 바라는 부분을 알아보죠. 박강선 씨께서는 외척인 정철구 씨의 가정에 위탁되길 희망 하십니까?"

박강선은 유상훈이 하는 말을 모두 알아듣지는 못했지만, 그가 말한 바의 핵심을 눈치껏 파악했다.

"아뇨. 싫어요."

유상훈은 고개를 끄덕인 뒤 방금 전부터 멍하니 서 있던 정철구 내외를 보았다.

"그렇다고 말씀하시는군요."

그제야 사태 파악이 된 여자가 바락, 소리를 질렀다.

"아니, 잠깐만, 이게 뭐예요?"

"예?"

"당신, 지금 저 꼬마 편을 들겠다는 거예요, 지금? 꼴랑 3 만 원에 고용되었을 뿐이면서. 그런 거라면 차라리 제가…….”

황급히 핸드백을 뒤적이는 여자를 보며 유상훈이 고개를 저었다.

“그건 안 되겠는데요. 변호사는 원칙상 이익충돌 회피 의무가 있거든요.”

유상훈이 미소 띤 얼굴로 말을 이었다.

“죄송합니다만 아무래도 선생님께선 저 말고 다른 변호사를 찾아보셔야 할 것 같습니다.”

“……당신, 이러고도 무사할 줄 알아?”

“어라. 설마 협박입니까? 강하윤 형사님…….”

“아니, 그게 아니라.”

여자가 황급히 말을 바꿨다.

“이봐요, 방금 전에는 우리가 저 꼬마의 보호자가 된다느니 그런 말을 했잖아요.”

“아, 분명 그랬죠. 물론입니다.”

유상훈이 미소를 지었다.

“좀 더 정확히 말씀드리자면 아직 그럴 권리는 가지고 계시다는 의미입니다. 다만, 그건 제 의뢰인이 원치 않을 뿐만 아니라…….”

유상훈은 말을 이으며 곁의 박강선을 살짝 내려다본 뒤 고개를 돌려 여자를 보았다.

“그 전에 선생님 내외께서 제 의뢰인을 입양하기 적합한 가정인지 여부를 가정법원을 통해 알아봐야 할 거 같거든요."

"……."

"혹시 직업이 어떻게 되십니까? 세무서에 신고되는 일정한 수익은 있으시죠?"

여자는 정철구의 눈치를 살폈고, 정철구는 냉소만 지었다.

"말씀드리기 곤란하시다면 잠시 자리를 옮기시죠. 실례하겠습니다."

유상훈은 박강선에게 양해를 구한 뒤, 정철구 내외를 이끌고 구석으로 갔다.

그들은 한참 무어라 대화를 주고받았고, 여자는 유상훈의 담담한 얼굴과 달리 그 입이 열릴 때마다 얼굴이 붉으락푸르락해지는가 싶더니 결국에는 고개를 떨어트렸다.

그들은 인사도 없이 성큼 걸음으로 대기실을 박차고 나갔다.

한차례 폭풍처럼 휘몰아치고 나니, 유상훈이 고개를 절레절레 흔들며 박강선이 있는 곳으로 돌아왔다.

"나 원, 그래도 다행히 말귀는 알아듣는군요."

강하윤은 정철구 내외가 빠져나간 대기실 문을 물끄러미 쳐다보다가 퍼뜩 정신을 차리고 유상훈을 보았다.

"어떻게 된 건가요?"

유상훈이 어깨를 으쓱였다.

"별거 아닙니다. 저로서도 법정까지 끌고 가지 않아서 다행이죠."

정말로 엄밀히 따지고 들면 유상훈에게도 불리한 부분이 몇 가지 있었지만, 그는 그런 걸 '언급하지 않는 것'으로 유야무야 넘긴 뒤였다.

"물론 그건 그쪽도 바라지 않는 일이 될 것이며, 이 일을 소송으로 밀어붙일 경우 걸리는 시일과 비용, 그들이 처한 입장 사이를 저울질할 계기만 주었을 뿐입니다."

유상훈이 씩 웃으며 덧붙였다.

"게다가 제 의뢰인의 친가로 추정되는 쪽이 어떤 곳인지도 포함해서요."

"……."

강하윤이 아직도 일이 어떻게 돌아간 건지 가늠이 가질 않는 눈치이자 유상훈은 씩 웃었다.

"저도 신문은 보고 삽니다."

"아."

강하윤은 그 함축적인 말에 고개를 끄덕였다.

강하윤도 유상훈이 대놓고 말하지는 않았으니 가타부타하지는 않았으나, 대강 어떤 식의 이야기가 오갔는지는 알 듯했다.

유상훈이 담담한 말씨로 말을 이었다.

"이번 경우는 사실상 대법원의 판결문에 선례를 남길 만큼 특별한 사건이기도 하죠. 언론의 주목을 피할 수 없는 이상,

의뢰인의 외척 또한 끊임없는 교차검증에 시달리게 될 겁니다. 저들에겐 그런 걸 감안할 만큼 제 의뢰인을 각별하게 생각지는 않는 듯했고요."

정철구 내외가 박강선에게 접근한 건, 두말할 것도 없이 박상대의 유산을 노린 것이다.

하지만 여기엔 박강선을 혈족으로 인정하지 않는 박상대 측 친인척들과의 기나긴 법정 공방을 전제로 삼아야 할 것임은 물론이거니와, 박상대를 박강선의 친부로 인정받더라도 유상훈이 버티고 선 이상 그 유산에는 손끝 하나 댈 수 없을 것이며, 자신이 변호사로 선임된 이상, 직접 나서서 '양육 자격'을 계속해서 심사할 것이라고.

일부러 말을 아꼈지만, 유상훈은 저들에게 이런 식의 협박 아닌 협박까지 곁들였다.

만약 이 자리에 이성진이 있었더라면 내심 '유상훈답다'며 짤막한 평을 내렸겠지만, 이 자리에 모인 이들은 말 몇 마디로 저들을 쫓아낸 유상훈의 수완에 감탄만 할 뿐이었다.

유상훈은 그들의 시선이 다소 민망한지 멋쩍은 미소를 지었다.

"하지만 운이 좋았습니다. 솔직히 저쪽이 강짜를 놓으면 저희도 마냥 100프로 승산이 있지는 않거든요. 어쨌거나 저들에겐 법정 대리인 자격이 있을 뿐만 아니라 법정 역시 아무래도 보육 시설보다는 입양을 더 좋게 보니까요."

물론 그땐 그때대로 유상훈이 수완을 발휘할 수 있겠지만, 송사를 법정까지 끌고 가는 건 다른 변호사들과 마찬가지로 유상훈도 바라지 않는 일이었다.

　그래서 대개의 경우, 민사는 당사자들 간의 상호 합의에 이르는 일이 많았다.

　양춘자가 입을 뗐다.

　"그러면, 제가 강선이를 입양하는 건 가능하겠죠?"

　그녀는 말을 이으며 박강선의 머리를 쓰다듬었다.

　"준비는 하고 있어요. 아니, 처음부터 그래야 했다고 생각하고요."

　양춘자의 말에 유상훈은 그녀를 물끄러미 쳐다보더니 툭 하고 물었다.

　"실례지만 결혼은 하셨습니까?"

　"……그건 왜 물으시죠?"

　"아, 사적인 의미는 없습니다. 그저, 민법상 입양 가정의 선결 조건 중 하나가 1년 이상 혼인한 부부에 한하거든요."

　"……그러면."

　"안타깝게도 선생님께서는 제 의뢰인의 입양 부모 자격 미달이십니다."

　"……."

　그러고 보니 꾸준히 존대를 함에도 불구하고 묘하게 속을 긁는 화법이긴 했다.

'실력은 별개로, 인간적으론 싫네.'

박강선이 그런 양춘자의 손을 꼭 쥐었다.

"괜찮아요, 이모. 저는 요한의 집도 좋아하거든요."

못 보던 새 의젓해진 박강선을 보며 양춘자는 희미한 미소를 지었다.

"그러니?"

"네. 다들 저에게 잘해 주고, 또 원장 선생님도 좋은 분이고⋯⋯."

박강선이 유상훈을 보았다.

"아저씨. 저는 가능하다면 요한의 집으로 돌아가고 싶어요. 아, 요한의 집이 어디냐 하면⋯⋯."

"저도 알고 있습니다. 이성진 사장님의 부탁으로 여기 온 거거든요."

"성진이 형⋯⋯이요?"

"예. 알고 지내시죠?"

박강선은 고개를 끄덕였다.

이성진은 요한의 집에 와서도 먼발치서 지켜보기만 할 뿐이니 딱히 그와 각별히 친하거나 하지는 않았지만, 강하윤을 비롯해 전예은 등 그 주변 인물에게는 호의를 품고 있었으니까.

"그러면 저는 박강선 씨가 요한의 집으로 돌아갈 수 있게끔 최선을 다하겠습니다."

"감사합니다. 형에게도 감사하다고 전해 주세요."

"그러겠습니다."

"그러면 아저씨, 이제 끝난 건가요?"

끝은 무슨.

이제부터 시작이지.

하지만 유상훈은 그런 말을 대놓고 하는 대신 미소 띤 얼굴로 고개를 끄덕였다.

"일단은요."

그래, 일단은.

이로써 이성진은 박강선의 변호사가 된 유상훈을 통해 박상대의 재산 내역에 접근할 명분을 얻게 되었다.

'그 꼬마 사장님이 이걸 어떻게 이용할지는 모르겠지만……'

설령 이성진이 그 정보로 조광을 집어삼키는 일에 이용하지 않는다고 하더라도.

분명, 이제껏 그래 왔던 것처럼 유상훈 개인에게도 적잖은 콩고물이 떨어지게 되리라.

'내게는 귀인이지, 귀인.'

사생아 박강선의 박상대 친자 인정 소송은 분명 법정에 선례를 남기는 큰 사건이 될 것이다.

유명인이라면 유명인이랄 수 있는 친부의 사망, 그 친생자 관계를 증명하기 위해 최신 기술인 유전자 감식 결과의 인지

청구, 이를 법정에서 판결받아야 한다.

이는 분명 아직까진 대한민국 땅에서도 전례가 없던 일이리라.

변호사로서 명예니 법에 대한 존경이니 하는 건 차치하더라도, 이는 분명 개업 변호사인 유상훈의 이름을 드높이는 일이 될 것이며.

명예엔 응당 상응하는 돈이 뒤따르기 마련이니까.

그러다 보면 언젠가는 자신의 이름을 내건 대형 로펌 같은 걸 운영할 날도 오리라.

'······그러려면 먼저, 저쪽이랑 제대로 한판 붙어야겠지.'

저쪽이라 함은 물론, 박상대의 친인척이란 의미였다.

유상훈은 고개를 돌려 강하윤을 보았다.

"강하윤 형사님."

"아, 네. 말씀하세요."

유상훈은 대기실 바깥으로 향하는 문을 향해 고갯짓을 했다.

"괜찮으시다면 잠시, 밖에서 이야기 좀 나눌 수 있겠습니까?"

그러면서 힐끗 박강선을 살피는 유상훈을 보며, 강하윤은 고개를 끄덕였다.

박강선이 아무리 당사자 본인이라고는 해도, 당사자 앞에서 부모의 죽음을 중심 화제로 올리는 건 조심스럽게 다뤄야 할 일이니까.

　강하윤은 사적인 감정을 담아 유상훈과 그를 소개해 준 이성진 두 사람에게 속으로 감사를 보냈다.

## 5장

표적을 바꾸니 광수대의 흉흉한 분위기와는 달리 수사에
는 활기가 돌았다.

박길태 살해 사건에 조세광이 유력한 용의자로 떠오른 이
상, 우선은 조세광의 주변을 조사할 필요가 생겼다.

정진건은 박순길을 대동하고 조세광이 다니는 고등학교로
향했다.

다소 공교로운 일이었지만, 조세광이 다니는 고등학교는
박강선이 모텔에 홀로 남겨졌을 때 잠시 신세를 졌던 파출소
의 관할 구역과 겹쳤다.

둘은 우선 파출소를 방문했다.

"이야, 정 형사. 요즘 신수가 훤한데?"

"아닙니다."

파출소장 박 경위는 정진건의 속내도 모르고 그렇게 운을 떼며 자리를 권했다.

"요즘 부쩍 더워졌어. 곧 비가 온다고 하니까 그걸 기다려 봐야지. 일단 앉지 그래."

"예."

두 사람이 파출소 구석 소파에 자리를 잡자마자 박 경위가 목소리를 높였다.

"여 순경, 여기 커피 세 잔만 내려 줘!"

"예!"

안쪽 탕비실에서 대답이 들려오고, 박 경위는 슬쩍 박순길을 살폈다가 정진건에게 말을 건넸다.

"저번에 말한 커피 잘 탄다는 친구야. 그런데 정 형사, 데리고 다니던 미인 형사는 어쩌고?"

박 경위의 말을 박순길이 너스레로 받았다.

"아따, 자가 미인은 아니지만 이만하면 꽤 먹어 주지요, 저는 쩌어기 전라도에서 올라온 박순길 형사라 하요잉."

"어이쿠, 그러셨습니까. 멀리서도 오셨군요."

전라도에서 올라온 형사가 파출소를 찾았다······. 모르긴 몰라도 뭔가 큰일이 있을 거 같다고 생각한 박 경위였지만, 내색하지 않고 고개를 끄덕였다.

그러던 박 경위가 고개를 갸우뚱했다.

"그나저나 왠지 낯이 익은 거 같습니다만……."

"흐흐, 자랑은 아니지만 자가 쪼까 방송 물 좀 먹었지라."

방송 물을 먹었다니? 아무리 봐도 대한민국 경찰을 대표할 만큼 잘생긴 얼굴은 아닌데.

거기서 정진건이 끼어들었다.

"얼마 전에 박상대를 차로 치었던 택시 기사 있지 않습니까. 그 택시 기사를 현장에서 검거한 친구입니다."

"아하."

박 경위가 고개를 끄덕였다.

이곳은 이번 일의 시발점이기도 한 박강선을 잠시나마 보호하고 있었던 장소이기도 해서, 그도 관련 사건을 예의주시하는 편이었다.

그러니 박 경위의 눈에 박순길의 얼굴이 어딘지 낯이 익어 보였던 것도 당연했다.

"아이고 이거 참, 스타를 몰라뵈었습니다."

"아이고, 아닙니다. 그 정도 일이야 다들 하는 일이지요잉. 사건이 사건이다 보니 쪼까 눈에 띈 것이 고작이지라."

말은 겸손했지만, 자부심이 묻어나는 투였다.

하기야, 달아나는 택시를 붙잡았을 정도이니 확실히 자부심을 가질 만한 일이긴 했다.

통성명을 겸한 인사치레가 끝나자 박 경위는 어조를 바꿔 입을 뗐다.

"그나저나…… 그때 그 꼬맹이는 잘 지내나?"

박 경위가 말한 '꼬맹이'란 다름 아닌 박강선을 뜻했다.

"아, 예. 그런 듯합니다."

"음, 일은 안됐지만, 잘 지낸다니까 다행이네."

그는 파출소에 와서 망부석처럼 한마디 말도 없이 앉아만 있던 박강선이 염려되었던 모양이었다.

더욱이 당시만 하더라도 그저 가출한 엄마와 버려진 꼬마 정도로만 생각했지만, 실상은 더 어둡고 심각한 일이었다.

박 경위로서는 박강선이 아직 어려서 끔찍한 뉴스를 접하지 않기만을 바랄 뿐.

박 경위가 물었다.

"그래도 친척들이 있을 건데, 맡아 준다는 사람은 없고?"

"친가 쪽은 아예 존재 자체를 부정하고 있고, 외가 쪽은 연락이 닿질 않더군요."

지금은 그 외가가 박강선을 찾아와 한바탕 난리를 피운 뒤였지만, 정진건은 알 리가 없었다.

"……그러면 강선이란 애는 고아원으로 가게 되나?"

"아마도요."

"거참, 세상 일 하고는."

끌끌 혀를 차는 박 경위를 보며 정진건은 머리를 긁적였다.

"그래도…… 잠시 맡아 주었던 보육원이 괜찮은 곳이어

서, 향후 그곳으로 갈 수 있게끔 손을 볼 생각입니다."

"응, 혹시나 내 도움이 필요하면 말하고. 나도 여기저기 아는 사람은 좀 있으니까."

"감사합니다."

"자네가 감사할 건 없지. 이것도 다 인륜을 따르고자 하는 건데."

그때 순경이 안쪽 탕비실에서 쟁반에 커피 세 잔을 받쳐 왔다.

"실례하겠습니다."

"오, 왔군."

박 경위는 순경에게 손짓을 했다.

"여 순경, 인사해. 정진건 형사라고, 저번에 자네가 찾은 꼬맹이를 맡아 주신 분이야."

그는 탁자 위에 쟁반을 내려놓은 뒤 깍듯하게 경례했다.

"충성, 여진환 순경입니다."

"음."

정진건은 짧게 고개를 끄덕여 경례를 받았지만, 그는 정진 건의 그 다소 무심한 듯 시큰둥한 태도에도 아랑곳하지 않고 한껏 떠들어 댔다.

"뵙게 되어 영광입니다. 소장님께 정진건 형사님 말씀은 많이 들었습니다."

그 말에 정진건은 박 경위를 물끄러미 쳐다보았다.

박 경위는 그 시선에 멋쩍은 미소를 지었다.

"아, 별 이야기는 안 했어."

하지만 여진환 순경의 생각은 다른 모양이었다.

"범죄와의 전쟁 때 다듬이파 다섯 명이랑 혼자서 대치하셨 단 무용담을 들었지 말입니다."

그 말에 히죽 웃은 건 곁의 박순길이었다.

"아따, 우리 정 형사님, 그러셨구마잉. 그것도 몰라뵙고 실례가 많았소."

"……젊을 때 이야깁니다."

정진건의 떨떠름해하는 모습을 보며 박순길은 씩 웃었다.

"에이, 지금도 한창이요, 한창. 뭐 다 늙은 사람처럼 말하구……. 아, 나는 박순길. 저쪽 전라남도에서 올라왔지라."

박순길의 소개에 여진환은 눈을 동그랗게 떴다.

"아, 혹시 박상대 강도 살해 사건의……?"

"캬, 알아보겠소?"

"물론입니다, 당시 사건 기록은 스크랩도 해 두었습니다."

뭘 그렇게까지.

박순길은 엎드려 절 받는 기분에 그 답지 않게 민망해하면 서 여진환이 타 온 커피를 한 모금 홀짝였다.

"오."

박순길이 눈을 크게 떴다.

"좋은데, 이거."

미식에 제법 일가견이 있는 박순길은 단박에 커피의 진가를 알아보았다.

"알아보시겠습니까?"

여진환이 싱글벙글 웃었다.

"콜롬비아와 자메이카, 에티오피아를 7 : 2 : 1 비율로 섞은 겁니다. 부드러운 바디감 사이로 느껴지는 산미와 풍부한 과일 향을 시험 배합했습니다."

"……아니, 고거까진 모르겠고."

박순길이 커피를 다시 한 모금 마셨다.

"흐음, 거시기, 이거면 로스트 빈인가 뭐시긴가 하는 거랑 비교할 만하겠구마잉."

"아, 로스트 빈! 아시는군요!"

여진환이 눈을 반짝 빛냈다.

"저도 한국에서 본격적으로 에스프레소 머신을 사용하는 프랜차이즈 카페를 만나게 될 줄은 몰랐습니다. 거기선 호텔에서나 맛볼 수 있는 고급 원두를 초심자도 쉽게 접근할 수 있게끔 배합한 것이 특장점이죠. 이제 커피에도 대중화의 물결이 드는 것이 회사 대표님께서 참 선구자적이라고 생각합니다. 다만 이 동네에는 아직 들어서지 않아서 아쉽지만요. 듣기로는 로스팅도 본사에서 직접 한다고 들었는데, 그래도 로스팅 기기가 있는 곳은 분당점, 여의도점, 강남점 세 곳뿐입니다. 드시려거든 꼭 세 지점을 찾아 주십시오. 갓 로스팅

한 원두는 그 풍미가 배가되거든요. 원래 로스팅이란 건 시간이 지날수록 향이 옅어지기 마련이니 말입니다. 그런데 각 지점마다 로스팅을 하는 정도에 미묘한 차이가 있단 점에 유의하실 필요가 있습니다. 기본은 아무래도 이탈리안 로스팅을 지향하는 것 같긴 합니다만, 분당점은 프렌치에 가까운 느낌이 들더군요. 하지만 괜찮습니다, 그건 그것대로 어울리니까요. 제 생각입니다만, 같은 계열사를 둔 시저스 본점이 분당에 있는데, 그 시저스에서 느낄 수 있는 식후 커피와 맛이 유사한 것이 같은 곳에서 로스팅된 원두를 사용하는 모양입니다. 저도 언젠가는 파출소에 에스프레소 머신을 들이고 싶단 생각을 하고 있는데, 그땐 그때대로 원두 배합 방식을 바꿔 볼 생각이고요. 아, 또, 제대로 된 풍미를 맛보려면 아메리카노보단 에스프레소로, 굳이 아메리카노로 마실 땐 샷을 추가해서…….”

“…….”

박순길은 괜히 말을 꺼냈나, 싶어 하면서 커피를 홀짝였다.

시끄럽게 떠들어 대는 것과 달리 커피 맛은 좋았으니까. 저 입을 다물면 더 좋았겠지만.

“아 그쯤 하면 됐네. 여 순경의 생각은 잘 알겠으니까, 좀.”

보다 못한 박 경위가 한마디 하자, 여진환은 그제야 머쓱

해하면서 입을 다물었다.

"죄송합니다."

"아니야. 뭐, 우리야 자네의 커피 강좌는 귀에 딱지가 앉도록 들었지만, 손님 두 분은 귀한 시간을 내서 와 주신 거니까."

"아, 예. 그러면 다음 기회에……."

다음 기회는 무슨. 두 번은 안 들을 생각이다.

정진건은 쓴웃음을 지으며 그제야 커피를 한 모금 마셨다가, 조금 놀랐다.

얼마 전에야 인스턴트커피가 아닌 커피를 마시게 된 정진건이었지만, 자신의 입맛엔 이도 저도 아니던 로스트 빈의 그것보다 완성도 측면에서 더 뛰어난 듯 느꼈기 때문이었다.

정진건은 이만하면 달짝지근한 다방 커피에서 이어진 믹스 커피 계보로 내려온 박 경위가 이 씁쓸한 커피 맛에 홀딱 반할 만도 하단 생각을 했다.

'하지만 여기서 칭찬을 했다간 방금 전처럼 떠들어 대겠지.'

그뿐이랴, 그가 방금 전 입에 침이 마르도록 떠들어 댄 그놈의 로스트 빈 대표는 정진건의 지인이기까지 했으니, 정진건도 차마 그것까지 밝힐 수는 없었다.

'……정작 그 회사 대표는 커피를 못 마시는 꼬맹이라는 게 웃기는 일이긴 하지만.'

정진건은 그렇게 생각하며 커피를 한 모금 더 마신 뒤 입을 뗐다.

"여진환 순경이라고 했나?"

"아, 옙! 커피는 입맛에 맞으십니까?"

"……그보다 자네가 박강선을 모텔에서 찾아 주었다고 들어서."

업무 이야기가 나오자 여진환은 표정을 조금 진지하게 고쳐 고개를 끄덕였다.

"예, 그렇습니다."

"음. 수고했단 말을 해 두고 싶어서."

"아닙니다, 당연히 해야 할 일을 했을 뿐입니다. 또, 제가 잘한 것이 아니라 시민의 신고가 있어서 출동했을 뿐입니다."

그가 괴짜 커피 예찬론자인 것과는 별개로 경찰로서 자세는 올곧고 발라 보여, 그것만큼은 정진건의 마음에 들었다.

정진건은 고개를 돌려 박 경위를 보았다.

"저희가 오늘 소장님을 찾아뵌 건 다름이 아니라 협조를 부탁드리기 위해서입니다."

"협조?"

박 경위는 후룩, 커피를 한 모금 마셨다가 내려놓았다.

"그런 것치고는 공문 내려온 게 없던데."

"예. 조금은 비공식적인 일이어서 말입니다."

"으음."

박 경위가 짧게 고개를 끄덕이자 정진건이 말을 이었다.

"지금부터 광한고등학교 쪽을 살펴볼까 하는데, 마침 파출소 관할 구역이더군요. 협조해 주실 수 있겠습니까?"

박 경위도 정진건이 지금 어디서 무슨 일을 하고 있는지 정도는 알고 있었다.

박 경위가 대답했다.

"동네가 길이 꼬불꼬불해서 좀 복잡해. 길잡이 역할 해 줄 친구 정도는 필요하겠군."

박 경위는 슬슬 눈치껏 제자리로 돌아가려던 여진환을 불러 세웠다.

"여 순경."

"예, 소장님."

"들었지? 형사님들 안내 좀 해 주고 와."

여진환은 어리둥절해하는 얼굴로 눈을 깜빡였다.

"저 말씀이십니까? 그래도 되겠습니까?"

"되니까 그러지. 빨리 준비하고 나와."

"예!"

"혹시 모르니까 사복으로 환복하고."

"예!"

여진환이 허둥지둥 자리를 비키자, 박 경위가 쓴웃음을 지으며 목소리를 살짝 낮췄다.

"들으니까 옆 동네 쪽에 감찰이 떴대서. 혹시 모르니까 말이야."

"……예. 그러죠."

"아, 정 형사는 괜찮지?"

감찰이라는 말에 정진건은 김보성이 움직였구나 생각을 했지만, 내색하지 않으며 고개를 끄덕였다.

"나 원, 이 일 하다 보면 기름칠이 필요할 때도 있는 건데…… 그 친구들은 영 빡빡하단 말야."

박 경위는 투덜거리며 커피를 홀짝였다.

"그러면 다녀와. 정 형사도 방금 봤다시피 머리가 조금 이상한 놈이기는 하지만 일 시작하면 또 싹수가 보이거든."

"그렇습니까?"

"응. 그리고…… 아니, 아무것도 아니야. 그냥 평소대로 해. 응."

무슨 말을 하려고 했는지는 모르겠지만, 그는 무어라 말을 하려다 말고 다시 커피를 한 모금 마셨다.

뭐, 별일은 아니겠지.

조세광이 재학 중인 광한고등학교는 어디 가서 명문 고등학교 소리를 들을 만한 유서 깊은 곳은 아니었다.

자타가 공인하는 재벌 3세인 조세광이 이런 '급 떨어지는'

고등학교를 다니게 된 건, 그가 몇 차례 정학을 당한 것과 무관하지 않았다.

또래에 비해서도 덩치가 크고 담력이 센 조세광은 광한고등학교로 오자마자 '짱'을 먹었고, 그 배경 때문인지 소위 말하는 '무서운 선배'라 불리는 이들도 조세광 앞에서는 설설 기었다.

하지만 그건 조세광이 가진 가문의 후광만으로 가능한 일은 아니었다.

으레 건방진 후배에겐 선배들의 집단 린치가 이어지기 마련이지만 '조세광의 배후에는 김수영이 버티고 서 있다'는 전제 하나만으로도 조세광은 뒷세계의 법칙에서 자유로웠다.

아이들(그러니까 법적으로는 미성년자까지)의 세계에서 어른이 가진 힘과 권력(및 공권력)은 제 힘을 발휘하기 힘들다.

그러나 말 안 듣는 중학생의 군기를 잡는 건 동네 고등학생이고, 그런 고등학생의 피라미드 위에는 동네 양아치가 있기 마련이라고 하지 않는가.

그런 동네 양아치를 관리하는 건 경찰이 아닌, 조폭이다.

양아치들은 경찰을 무서워하지 않는다. 좀 더 정확히 말하자면 똥이 무서워서 피해 다니지는 않는 것과 마찬가지였다.

정해진 선을 넘지 않는 한 경찰은 개입하지 않으며 어디까지나 귀찮은 존재에 불과했다. 또한 그들은 선을 넘지 않는 범주 내에서 노는 법을 알기 마련이다.

오히려 몇몇 막나가는 놈들은 경찰에게 찍혀 '학교'를 다녀오는 걸 무공훈장쯤으로 여겼고, 조폭들은 그런 명예로운(?) 양아치를 섭외한다.

양지와 음지, 두 세계는 분리되어 있다.

그 두 세계가 교집합을 이루며 합치되기 전에는 서로가 각자의 세계에 개입하지 않는다는 묘한 불문율이 있었는데, 음지의 경우가 특히 그랬다.

양아치들의 세계에는 그들만의 법칙이 있다.

특히 음지에 버티고 선 아이들에게는 어른, 공권력, 사회적 지위 같은 건 먼 이야기였다.

아이들은 그들 간에 서열을 세우고, 그들은 촉법소년의 비호하에 그들만의 리그를 세우기 마련이었다.

그 바닥에 발을 들이는 건 가랑비에 옷 젖듯 시나브로 스미는 것이었는데, 애들끼리 몇 번 싸움을 하고 차츰 이겨 나가다 보면 머리 좀 굵은 놈들의 눈에 들게 된다.

양아치들은 싸움 좀 한다 싶은 아이들을 점찍어 두었다가 한두 번 찔러보곤 그게 '음지에 적합한 녀석'이라는 판단이 서게 되면 친분을 앞세워 접근해 온다.

이 별개의 정글에도 나름의 규율은 있었다.

그들도 가정이 화목하거나 여느 집안과 마찬가지로 평범하게 행복한 집안의 아이들은 노리지 않는다.

케케묵은 이야기지만, 엇나간 아이들을 계도하는 건 결국 어른의 역할이다.

여기서 가정이 사회적으로 제 역할을 해낸다면 한때의 비행은 바로잡히기 마련이다.

더욱이 아이들은 우습게 생각하기 일쑤이지만, '제대로 된 공권력의 개입'은 음지에서 꺼리는 일이다.

말썽도 선을 넘지 않는 것이 중요했다.

양아치들이 적당히 쓸 만한 놈을 물색하고 난 이후는 사이드브레이크 풀린 자동차가 내리막길을 내려오듯 자연스럽게 흘러간다.

싸움 좀 하던 게 고작이던 아이가 동경하는 형들을 따라 제 멋에 겨운 폼 나는 일(이라고 생각하는 것들)을 흉내 내다 보면 양아치들과 어울리는 재미를 알게 되고, 학생 때 하는 '범생이 같은 일'들이 시시하게 느껴진다.

정학 정도는 제법 명예로운 일이 되는 걸 알게 된 후에는 한층 가속도가 붙는다.

그렇게 경찰을 피해서 재미를 보는 방법도 배우고, 자신이 음지의 인간임을 깨달은 뒤엔 그들을 따라다니며 형들이 고개 숙이며 인사하는 '아저씨'를 알게 된다.

정장을 차려입고 옆에는 미인을 낀 채 하고 싶은 일은 막힘없이 해낸다, 청소년기에는 이만큼 폼 나는 일도 없는 것이다.

동경은 목표가 되고, 목표는 존재의 이유가 된다.

그 '아저씨'들의 심부름을 몇 차례 하다 보면 땀 흘리지 않고 돈 버는 방법을 알게 되고, 깨닫고 보면 이미 음지의 인간이 된 지 오래다.

깨닫고 난 뒤에는 세상 두려워할 것 없는 것처럼 보이던, 의리에 살고 의리에 죽는 조폭들이 실은 비열하고, 경찰을 두려워하며, 사람들 눈에 띄지 않게 음지를 숨어 다니는 까닭을 알게 되지만.

그때가 되선 늦는다.

이제는 촉법소년도 그들을 지켜 주지 못하고, 경찰과 주먹다짐을 하면 정말 끝장이라는 걸 알게 된다.

여하튼.

그 바닥 생리를 알고 있는 듯한 조세광은 이 '동네 양아치'를 관리하는 덩치들과 인연이 있으니, 그중 하나가 박길태 사건 때 유명을 달리했던 김수영이었다.

김수영은 다니던 고등학교에서 퇴학을 당하기 전까지만 하더라도 주먹깨나 맵단 소문이 자자했는데, 동네 양아치들은 그런 김수영을 주목했다.

김수영은 잠시 동네에서 삥 좀 뜯는다는 양아치로 전직을 했다가 '진짜로 주먹 좀 쓴다'고 하는 직업인(?)들의 눈에 들어 조직 생활을 시작했다.

그리고 그 조직은 조광의 무수한 하부 조직 중 하나였고, 이때 그는 조광의 도련님인 조세광의 눈에 들어 조세광의 오른팔이 되었다.

양아치에도 급이 있듯 조폭들 사이에도 급이 있기 마련인데, 조광은 조폭들 세계에서 선망하는 대기업이었다.

김수영은 이른 나이에 조광의 도련님을 알게 되어 조광에 입사(?)했으니, 사실상 김수영은 그들이 속한 부류에선 일종의 엘리트 코스를 밟은 셈이었다.

하지만 영광은 오래가지 않았다.

"……그러던 와중 김수영이 '내부 항쟁'으로 죽고 말았죠."

사복 차림의 여진환이 발걸음을 옮기며 말을 이었다.

"게다가 김수영이랑 어울려 다니던 지동훈도 요즘은 도통 보이질 않고, 몸을 사린단 느낌입니다."

옆에서 이야기를 듣고 있던 박순길이 턱을 긁적였다.

"아따, 사람 사는 건 다 비슷하다고 하드만, 서울도 다를 바 없네. 하믄, 요새 조세광이는 우째 지내고 있는감?"

"뭐…… 예전에는 저희 귀에도 근황이 들릴 만큼 설쳐 댔습니다만, 요샌 조용하더라고요."

여진환의 말에 정진건이 고개를 끄덕였다.

"그렇겠지. 지금은 몸을 사려야 할 테니까. 그나저나 자네는 이쪽 사정에 제법 훤하군."

여진환은 멋쩍게 웃었다.

"아무래도 관할 구역이 구역이다 보니 그런 거 같습니다. 순찰하다 보면 싫어도 귀에 들리는 게 있지 않겠습니까? 뭐,

현장에서만 보이는 것들도 있기 마련이니 말입니다."

별것 아니라는 말과는 달리 그건 파출소 순경직을 '거쳐 가는 곳' 정도로만 여기고 있다면 알 수 없는 이야기였다.

정진건은 여진환이 가진 경찰로서의 정열을 신참 특유의 과욕쯤으로 생각하면서 말을 받았다.

"하지만 동네 양아치들 생각은 다르겠지."

"아시는군요? 역시 정진건 형사님이십니다."

여진환이 웃으며 말을 이었다.

"김수영이 그렇게 되고 나서부턴 판도가 조금 바뀌고 있단 느낌입니다. 그동안은 김수영 쪽이 동네를 주름잡고 있었다 고 하면, 요샌 그 아래에서 심부름 하던 놈들이 슬금슬금 기 어 나오는 느낌이죠."

'동네에 한차례 피바람이 불고 있었다'고 하면 과장이지 만, 변화 와중엔 혼란이 끼기 마련이고, 혼란은 자연스레 폭 력으로 이어진다.

"뭐, 체포를 할 명분이나 구실이 부족해서 지켜보고 있긴 합니다만, 잡음이 조금 심하게 들려오는 중입니다."

정진건이 고개를 끄덕였다.

동네의 법칙이 무너지면서 생길 치안 악화와 수고로움은 물론이다.

'그래도 애들 삥 뜯는 빈도가 늘어나거나 줄어드는 정도겠 지.'

다소 아이러니한 이야기지만, 음지에서도 굳건하게 버티고 선 놈들이 있으면 어느 정도 치안이 안정된다.

기득권은 말썽이 생기길 바라지 않는다. 잔잔바리 범죄라고는 해도 있는 것보단 없는 게 낫다.

그렇다고 해서 그들의 존재가 필요악이랄 건 결코 아니다.

거물은 거물 나름의 노는 물이 다른 범죄에 손을 뻗치기 마련이고, 그게 결과적으론 더 큰 치안 악화로 이어지니까.

그래서 대한민국은 조폭 범죄를 내버려 두지 않으며, 아직까진 몇 해 전의 대대적인 소탕 여파가 지금껏 이어지고 있었다.

"수고가 많겠군."

정진건의 짧은 공치사에 여진환이 씩 웃었다.

"아닙니다. 순찰 코스에 오락실 몇 군데를 끼워 넣는 정도인걸요. 어쨌건 놈들도 선을 넘으면 안 된다는 것쯤은 잘 알고 있으니까요."

그렇게 둘러댄 여진환이 목소리를 조금 낮춰 물었다.

"그런데 정진건 형사님, 조세광이는 무슨 일로 주목하시는 건지 여쭤봐도 되겠습니까?"

정진건은 잠시 물끄러미 여진환을 보다가 되물었다.

"지금 거리에선 김수영이 죽은 건 '내부 항쟁' 때문이라는 이야기가 나오는 중이랬나?"

"예? 아, 예. 그렇습니다. 실제로도 박길태는 조지훈 부하라는 소문이 파다하니까요."

여진환이 어깨를 으쓱였다.

"하지만 거리의 소문이란 건 과장되고 부풀려지기 마련이라 좀처럼 믿을 게 못 되죠. 사실, 개중에는 조세광이 총으로 박길태를 죽였다는 것도 들려올 정도니까요."

"······그래?"

"예. 뭐라더라, 박길태가 먼저 총을 뽑았고, 조세광은 그런 박길태와 몸싸움을 벌이다가 그만 김수영을 쏘고, 조세광이 복수를 했다······ 뭐, 그런 식입니다."

"······."

공교롭게도 그건 어느 정도 양상춘이 현장에서 추리했던 것과 맞아떨어졌다.

물론 공식적으로는 조세광은 그 장소에 있지 않았고, '모종의 일'로 Y구 인근 야산에 모였다가 오해가 불거져 김수영과 박길태가 몸싸움을 벌였으며 그 와중 김수영은 박길태와 동귀어진했다는 것이 현시점의 수사 결과였다.

'거기에는 배성준 형사가 누락한 조사 보고서도 한몫을 했지만 말이야.'

정진건이 생각을 정리하는 짧은 사이, 여진환이 머리를 긁적이며 말을 이었다.

"저는 거리에서 흔히 있는 영웅 만들기라고 생각합니다. 그 왜, 굴다리 아래서 17 대 1로 싸웠다는 이야기는 어디에

나 있는 흔한 썰 아닙니까. 그런 것처럼 조세광이 의리를 지켜 부하의 복수를 했다는 건 불량배들 사이에 제법 회자될 만한 이야기이긴 하죠."

그 말에 박순길이 웃음을 터뜨렸다.

"이야, 고거시 서울에도 있는 전설이요? 한국 사람은 어디서나 생각하는 게 다 비슷하구마잉."

"하하, 뭐, 17 대 1로 싸워서 이기는 게 가능할 리가 없죠."

"아니. 그건 아니지라."

"예?"

"아따, 여 순경 자네는 목포서 돈 자랑 허지 말고 벌교서 주먹 자랑 말란 말도 못 들어 봤는가. 우덜 동네에서는……."

박순길의 생뚱맞은 고향 자랑(?)이 이어지는 사이, 정진건은 곰곰이 생각에 잠겼다.

아니 땐 굴뚝에 연기 나지 않는 법이라고, 완전히 근거 없는 소문은 세상에 없는 것이다.

'분명, 목격자가 있어.'

입막음을 하려고 해도 할 수 없는 것이 사람 입이다.

임금님 귀가 당나귀 귀라는 것쯤은 대나무 밭에서 울려 퍼지기 마련이므로.

'소문의 출처나 근원을 알 수 있다면 좀 수월하겠지만……'

박순길의 말을 들어 주던 그때 여진환이 발걸음을 멈춰

섰다.

"여기가 광한고 근처 오락실입니다. 광한고 불량배들 아지트나 다름없는 곳이어서 다른 손님은 좀처럼 없긴 하지만요."

다른 손님은 좀처럼 없다는 박순길의 말과는 달리, 열린 문틈으로 보이는 오락실은 DDR(이것도 이성진이 만들었댔다)을 하려는 학생들이 동전을 올려 두고 줄을 서거나, 버추얼파이터 게임기 앞에 모여든 사람 등으로 제법 북적이고 있었다.

"가 보시겠습니까?"

정진건과 박순길이 고개를 끄덕였다.

오락실은 갖가지 게임기에서 흘러나오는 소리며 DDR에서 들려오는 SBY의 노랫소리 등이 뒤섞여 난잡하고 혼란스러웠다.

거기에 하복을 입은 학생들의 웃음소리와 고함, 탄식과 감탄 등까지 어우러지니 기가 빨리는 듯한 기분마저 들었다.

"가는 날이 장날이라더니 오늘은 이른 시간부터 좀 북적이네요."

여진환이 입을 뗐다.

"하긴 뭐, 이 근방에선 제일 괜찮은 오락실이기도 하니 말입니다. DDR은 물론이고 여기엔 버추얼파이터뿐만 아니라 철권 2도 있거든요."

DDR이야 뉴스에도 나올 정도였으니 얼추 알고 있지만, 버추얼파이터? 철권? 그런 건 들어도 잘 모르겠다.

그래도 이야기를 들으며 보니, 기판 화면 안쪽에서 (이성진이 이 자리에 있었다면 '으휴 폴리곤 덩어리' 하고 생각했겠지만)실제 사람을 그대로 재현한 것 같은 남녀가 주먹다짐을 하는 것이 시대가 미래를 향하고 있구나, 하는 생각은 했다.

"아따, 이거 완전 현실을 재현한 거 같구마잉. 기술 발전이라는 게 눈 깜빡할 사이 훅 지나가는 거 같소."

박순길이 고개를 저었다.

"나 때는 스트리트 파이터 2가 최고였지라."

"하하, 그것도 찾으면 있긴 할 겁니다."

여진환은 픽 웃으며 말을 이었다.

"어디 보자…… 목깃 쪽에 체크무늬가 들어간 흰색 와이셔츠는 광한고등학교고, 감색 셔츠가 부평고등학교, DDR 앞에 선 애들은 인화여고군요."

DDR의 등장 이후, 그간 땀내 나는 남자들의 비중이 90퍼센트 이상에 달했던 오락실의 풍경도 많이 변했다.

"흐미, 이거 완전 만남의 장이구마. 그나저나 이른 시간부터 학생들이 많은데. 설마 다 땡땡이인감?"

박순길의 말에 여진환이 웃었다.

"하하, 그럴 리가요. 오늘이 방학식이라든가 그런 거 아니겠습니까?"

여진환의 말에 박순길이 고개를 끄덕였다.

"아, 그라고 보니."

박순길은 지난밤에 정진건의 가족과 둘러앉아 두런두런 담소를 나누며 나왔던 이야기를 떠올렸다.

　　"하믄, 여기 있는 얼라들은 결백하구마잉."

　　"그런 셈이죠."

　　그보다 전에는 학생들의 오락실 출입을 아예 원천 금지하던 시절도 있었지만, 정진건은 아무런 말도 하지 않았다.

　　"그래도 지금은 뭘 알아보기도 힘들 거 같습니다. 그냥 차라리……."

　　여진환의 말이 떨어지기가 무섭게 쾅, 하고 오락실 기계 내려치는 소리가 들렸다.

　　"씨팔, 어떤 새끼가 꼼수를 써?"

　　여진환에게 들은 감색 셔츠, 부평고등학교 교복 차림의 남자가 씩씩거리며 일어서 맞은편 대전 상대를 확인하더니 상대가 입은 교복을 보곤 입매를 비틀었다.

　　"광한고 너냐, 이 새끼야?"

　　안경을 낀 유약해 보이는 남학생은 움찔하며 어깨를 움츠렸지만, 그래도 저들 구역이라 여겼는지 지지 않고 맞섰다.

　　"왜, 이것도 엄연한 기술인데? 풍신권."

　　"뭐? 새끼가 보자 보자 하니까……."

　　부평고 학생은 오락실 기기를 돌아 나와 광한고 학생 앞에 섰다.

　　"야, 샌님. 밖으로 나와라."

"……내가 왜?"

"새끼가……."

부평고 학생이 광한고 학생의 멱살을 잡았다.

그 순간 방관하던 아이들이 웅성거리기 시작했다.

부평고 교복을 입은 무리가 '무슨 일이야?' 하며 몰려왔고, 광한고 교복 무리 역시도 '뭐냐' 하며 기기를 쳐다보았다.

그러잖아도 불쾌지수가 높은 날이었다.

오락실 벽에 붙은 선풍기는 별 효과도 없는 미적지근한 바람만을 내보낼 뿐이었고, 어린 수컷들이 내뿜는 체취가 코를 찔렀다.

어깨만 스쳐도 시비가 붙을 날씨에 소속감이 각별한 사춘기 소년들이니, 이 일이 집단 난투극으로 이어지지 않으리란 보장도 없었다.

"나 참, 암만 애들은 싸우면서 큰다지만……."

박순길이 머리를 긁적이며 끼어들려고 하는 찰나, 정진건이 그를 막아섰다.

박순길은 무슨 일이냐고 묻는 얼굴로 정진건을 보았지만, 그때였다.

"뭐냐."

나직이 입을 떼며 둘 사이에 성큼 다가선 소년.

발육 상태가 다른 학생들보다 머리 하나는 더 컸다.

뿐만 아니라, 소년에게서는 흔하게 볼 수 있는 양아치들과 어딘지 근본부터가 다른 기세가 풍겼다.

먼저 시비를 걸었던 부평고 학생은 둘 사이에 끼어든 소년을 보며 저도 모르게 움찔, 멱살을 쥐었던 손을 놓았지만, 친구들 앞에서(또는 멀찍이서 보고 있는 여학생들을 의식해서인지) 그 잠깐 움찔했던 자신의 부끄러움을 감추려 일부러 더 세게 나섰다.

"너야말로 뭐냐?"

소년의 멱살을 쥐지 않은 건, 일말의 생존본능일 것이다.

그 시선이 힐끗, 소년이 입은 교복 명찰로 향했다.

"조세광? 1학년 나부랭이가 끼어들지 마라."

광한고는 명찰 색깔로 학년이 구분되는 듯했다.

하지만 그보다, 박순길은 부평고 학생이 읊은 '조세광'이라는 이름 석 자를 똑똑히 들었다.

'아하. 과연.'

그러고 보니, 정진건은 박순길과 여진환이 오락기 이야기를 나누는 내내 줄곧 시선이 어느 한 곳에 머물러 있었다.

박순길은 그때만 해도 '정 형사도 오락실 발전이 신기한가 보구마잉' 하고 가볍게 생각했지만, 지금 보니 그런 게 아니었다.

그제야 박순길은 정진건이 왜 자신을 말렸는지 알 것 같단 얼굴로 팔짱을 끼며 사태를 관망했다.

그러면서 슬쩍 여진환을 살폈는데, 선입견으론 호기롭게 끼어들 것 같던 여진환도 '그럼 그렇지' 하는 얼굴만 하고 있을 뿐, 관망하는 건 매한가지였다.

'저 아그가 평화롭게 해결할 거란 확신이 있는 건가? 조세광이가 이 동네 통은 통인가 보구마잉.'

뭐, 동네엔 동네의 규율이 있기 마련이니, 박순길도 더 이상 끼어들지 않고 내버려 두기로 했다.

'주먹이라도 휘두르면 그때 딱 잡아가불면 되니께.'

조세광은 부평고 학생을 물끄러미 내려다보며 툭 입을 뗐다.

"부평고면 유승환이 있는 곳이지?"

"그래. 나 걔랑 같은 반인데. 왜, 쫄리냐?"

정황상 언급한 놈은 주먹깨나 쓰는 놈인 듯했으나, 조세광은 콧방귀도 뀌지 않았다.

"그래? 그러면 유승환한테 삐삐 치기 전에 그냥 가라."

"······."

"귀찮게."

조세광이 안주머니에서 핸드폰을 꺼내자, 마침 뒤에 있던 부평고 일행이 조세광과 대치 중이던 놈에게 얼른 무어라 귀엣말을 했다.

그 전한 말이 무엇인지는 모르겠지만, 말이 이어질수록 놈의 얼굴이 파리해지더니 꼬리 만 개처럼 고개를 푹 숙이고는 성큼 걸음으로 오락실을 빠져나갔다.

조세광은 오락실을 우르르 빠져나가는 부평고 학생들을

보며 코웃음을 쳤다.

"……흥."

그제야 시비를 걸렸던 안경 낀 학생이 조세광에게 우물쭈물 감사를 표했다.

"고, 고맙다, 세광아."

"인사는 됐습니다."

조세광은 덤덤하게 핸드폰을 주머니에 넣었다.

"다음부터 한 판 정도는 져 주세요."

"으, 응. 그럴게."

조세광은 '선배'의 어깨를 툭툭 두드려 주곤 주머니에 손을 찔러 넣은 채 오락실 출구로 향했다.

또한.

나서는 길에 그 눈은 힐끗, 정진건 일행을 곁눈질했다.

'눈치채고 있었구마잉.'

박순길이 픽 웃었다.

한편, 그런 조세광을 보는 또래 및 여학생들의 눈이 촉촉해진 것은 물론이었고, 조세광이 드르륵, 오락실 문을 열고 나가자마자 꺅꺅거리며 '봤어? 봤니?' 하며 떠들어 댔다.

아무리 저 나이에는 살짝(?) 불량기 있는 남자애들이 인기가 많다지만…….

'하이고 마, 무신 청춘 드라마 찍나……. 짜슥, 뭐, 쪼까 잘생기긴 했네.'

속으로 구시렁거린 박순길은 정진건과 여진환을 따라 오락실 밖으로 나섰다.

조세광은 기다리고 있었다는 듯 오락실 옆 골목 벽에 기대고 서 있었다.

"너무하시네요. 방금 그걸 구경만 하고 계십니까?"

그 볼멘소리에 여진환이 씩 웃었다.

"아, 봤나?"

"오락실에 다 큰 어른들이 들어오는데 눈에 안 띌 리가 없죠."

"흠, 손가락만 까딱해도 경찰서로 끌고 갈 생각이었는데, 너답지 않게 잘 참는걸."

"……."

조세광은 너스레를 떠는 여진환을 슬쩍 노려보았다.

서로 면식은 있되, 사적으로 친한 사이는 결코 아닌 듯했다.

'호오.'

박순길은 그런 둘을 보며 히죽거렸다.

초면인 조세광은 둘째 치고 의외인 건 여진환의 태도였다.

단순히 커피 좀 좋아하는 괴짜, 근본은 의욕만 앞서는 새파란 순경쯤으로 봤더니, 그는 의외로 강단도 있고, 상대에 따라선 거칠게 나설 줄도 알았다.

'……게다가 조세광이쯤 되든 그놈아의 배경상 좀 쫄리기도 할 터인디. 그런 게 하등 없구마잉.'

박순길 안에서 여진환에 대한 평가가 조정되었다.

"그런데……."

조세광이 여진환 곁의 정진건과 박순길을 힐끗 살피자, 정진건이 앞으로 나섰다.

"××경찰서 강력계 정진건 형사다."

"전라도서 올라온 박순길 형사여."

정진건에 이어 박순길까지 신분을 밝히자 조세광은 '왠지 그럴 줄 알았다'는 듯, 한편으론 묘한 적의가 실린 경계의 눈으로 고개를 꾸벅 숙였다.

"……조세광입니다. 저에게는 무슨 일로."

껄렁껄렁할 것 같은 인상과 달리, 공권력 앞에서는 의외로 고분고분한 모습이었다.

그건 본래 그의 모습일까, 아니면…….

정진건이 단도직입적으로 조세광의 말을 받았다.

"박길태랑 김수영, 네가 죽였냐?"

박순길은 정진건이 이렇게까지 노골적일 줄은 몰랐다는 듯 움찔했지만, 그 동요의 정도는 조세광에 비할 바가 아니었다.

조세광은 얼굴이 파리해지더니 금세 표정을 바꿔 언짢음과 분노를 표출했다.

"기껏 찾아와서 무슨 말을 하시나 했더니……. 초면부터 그렇게 나오시는 겁니까?"

길거리 양아치들은 저 눈빛만으로도 오줌을 찔끔 지렸겠지만, 정진건은 꿈쩍도 하지 않았다.

"그래서, 죽었냐."

"……."

조세광은 고개를 홱 돌려 여진환을 보았다.

"여 순경님, 지금 이게 무슨 일입니까?"

"……묻는 말에 대답이나 해."

그나마 면식이 있는 여진환마저 제 편이 아닌 눈치이자, 조세광은 한숨을 푹 내쉬었다.

"아저씨들, 저는 그 일로 친한 형을 잃었습니다. 가장 슬퍼해야 할 당사자는 저예요. 그런데 저한테 와서 다짜고짜 무슨 말을 하시는 겁니까?"

뒤이어 조세광이 정진건을 향해 눈을 부라렸다.

"그리고 그 일과 관련해서 저는 대답해 드릴 게 없습니다. 물론 제가 누구인지는 다 알고 오셨을 테고……. 그렇게 나오시면 저도 방법이 있습니다."

조세광이 보란 듯 핸드폰을 꺼내자 정진건이 그 어깨에 손을 얹었다.

조세광은 이제 와서 용서를 빌 생각이냐 생각에 입꼬리를 올렸지만, 그 표정이 구겨지는 건 순식간이었다.

꾸욱.

정진건의 손아귀가 조세광의 어깨 근육을 파고들었다.

폭력의 증거가 몸에 남지 않게 고통을 가하는 방법 중 하나였다.

"변호사한테 전화라도 걸 생각이냐?"

"……."

으득.

조세광이 이를 악물었다.

"……나한테 이러고도 무사할 줄 알아?"

"드디어 본색이 나오는군."

정진건이 덤덤하게 말을 이었다.

"경찰에 신고라도 하게?"

"……흥."

조세광은 어깨를 털어 정진건의 손을 뿌리쳤다.

"어디 한번 해 보시지. ××경찰서랬나? 일단은 그쪽부터 손봐 줄 거야."

"좋을 대로. 이왕이면 수단과 방법을 가리지 않는 게 좋을 거다."

"……씁."

조세광은 한차례 더 정진건을 노려보더니 정진건을 밀치며 길을 나섰다.

정진건은 잊지 않고 등 뒤로 한마디를 더 날렸다.

"조만간 경찰서에서 보지."

"……."

조세광이 멀어지고 나자 박순길이 휴우, 하고 혀를 내둘렀다.

"아따, 정 형사, 너무 거시기한 거 아니요? 저래 봬도 아직 얼라구마잉."

"……유력한 살인 용의자이기도 하죠."

"그야, 글킨 한디……. 그 좀 더 점잖고 은근한 방법도 있잖소. 그라도 점마 배경이 있으니, 곱게 넘어가진 않을 끼고……."

"그렇게 공들일 시간이 없습니다. 그래도 이렇게 조여 뒀으니, 반응이 오겠죠. 기다렸다가 그걸 잡아챌 생각입니다."

박순길이 어깨를 으쓱였다.

"뭐, 어련하시겠소."

이 상황에 어리둥절해하는 건 잠자코 있던 여진환이었다.

"어라, 박길태를 죽인 게 조세광이라는 건 단순한 소문이 아니었던 겁니까?"

여진환은 정진건이 눈앞에서 폭력을 행사했다는 것보다 그게 더 놀라운 모양이었다.

'쟈도 인물은 인물이네.'

박순길이 속으로 픽 웃는 사이, 정진건은 고개를 끄덕였다.

"그래. 조세광 역시 자신을 둘러싼 소문에 대해선 알고 있을 테고, 이제 어디서 이야기가 샜는지 알아보겠지. 또, 조폭은 여간해선 입을 열지 않지만 양아치는 떠들기 좋아하니까. 이제부턴 그걸 잡아 볼 생각이네."

"그렇군요. 한 수 배웠습니다."

"……"

여진환의 말에 정진건은 입매를 슬쩍 비틀어 소리 없이 웃었다.

'씨잇팔!'

조세광은 욱신거리는 어깨를 매만지며 속으로 욕을 뱉었다.

'이제 다 끝나 가는 거 아니었어?'

조세광이 알기로 박길태 총기 살해 사건은 박상대의 죽음에 묻혀 지동훈의 증언으로 김수영의 정당방위이자 '불행한 사고'로 종결되는 분위기였다.

박길태의 죽음은 조세광에게 좋은 일은 아니었지만, 조세광 스스로는 거기에 악운이 따라 주었다고 여겼다.

만약 그 자리에서 김수영이 총에 맞지 않았더라면. 그리고 김수영이 '뒤늦은 대처'로 사망하지 않았더라면 일이 더 복잡하게 꼬일 것이 분명했다.

물론 가장 좋은 건 당초 계획대로 '아무도 죽지 않고' 박길태를 협박해 그가 가진 도청 사본을 손에 넣는 것이었겠지만, 이미 엎질러진 물의 물그릇이 누구 것이었는가 하는 건 모두 무마된 줄로 알았다.

그런데 이 상황에 경찰이 직접 그를 찾아올 줄은 몰랐다.

그것도 대놓고 '박길태랑 김수영 둘을 죽이지 않았느냐'고 물어 오면서까지.

경찰이란 조직은 무능하고 부패한 집단이 아니었나?

'넘겨짚는 것도 정도가 있지!'

조세광은 다소 억울했다.

'박길태야 둘째 치고 김수영이 죽은 게 왜 내 잘못이 되냐 이거야.'

경황이 없던 중에 일어난 일이어서 이제는 기억도 희미했지만, 김수영의 죽음에 1차 원인을 제공한 건 박길태였다.

따지고 보면 자신이 박길태와 몸싸움을 벌이던 중에 총이 발사되지 않았던가(엄밀히 말해 그때 박길태는 공이를 놓쳤을 뿐이고, 방아쇠를 당긴 건 조세광이었지만 그 기억은 왜곡되어 있었다).

한층 더 따져서, 근본 원인을 제공한 것도 박길태였다.

'아니, 애당초 그 자식이 총을 가지고 나올 줄 누가 알았겠냐고!'

자신은 그저 박길태를 통해 감히 조부의 병실에 도청기를 설치했단 것과 사생활을 엿본 것에 책임을 물은 뒤, 그가 가진 도청 사본을 통해 최초 원인 제공자인 조지훈을 압박하고자 했을 뿐이었다.

이 역시 가문을 지키기 위한 행동에 다름 아니었다.

조성광의 사후, 조광 그룹이 안정적으로 유지되려면 응당 자신의 아버지인 조세광이 그룹을 이어받아야 마땅하지 않겠는가.

그런데 이제 와서 사고뭉치인 작은아버지가 권리를 주장하려 할 뿐만 아니라 그룹의 분열을 조장하려 했던 것이 분에 겨웠다.

'……결국은 아버지와 작은아버지가 화해를 하긴 했지만, 정말로 두 분의 사이가 봉합되었을 리가 없지.'

조설훈도 이번 일을 무마하고자 마지못해 조지훈과 손을 잡은 것이리라.

결국 이 모든 건 자신이 나서서 일을 벌인 탓에—아니, 조세광은 이번 일을 자신의 과오로 인정하지 않으려 했다—아니, 작은아버지가 도청기를 설치한 탓에, 그리고 조부가 이성진에게 도청기를 넘긴 탓에 벌어진 일이었다.

박길태를 '정당방위'로 죽이고 난 뒤, 조세광은 남들이 보기에는 '사람이 변했다'고 할 만큼 얌전히 지냈다.

방금 전 오락실에서도 예전 같으면 여진환이 있건 말건 주먹부터 날리고 보았겠지만 그것도 꾹 눌러 참았던 터였다.

'……빌어먹을 놈.'

정진건이라고 했던가.

생각할수록 괘씸했다.

'마음만 먹으면 길거리에 나앉게 만들 수도 있겠지만……
일단은.'

조세광이 핸드폰을 꺼냈다.

그 역시 자신을 둘러싼 거리의 소문은 알고 있었다.

새는 말을 온전히 막을 수는 없는 노릇이었고, 그 소문이
어느 정도 자신에게 명예로운 것이기도 해서 그간 방치해 두
고 있었지만.

'……내가 김수영의 복수를 한 거라고?'

조세광은 쓴웃음을 지었다.

김수영과 어느 정도 친분이 있었던 건 사실이지만, 그는
어디까지나 조세광 자신에게 써먹기 편리한 장기패에 불과
했다.

하지만 만약, 오늘 경찰이 자신을 찾은 것이 그 소문 때문
이라고 한다면 어느 정도 군기를 잡아 둘 필요는 있었다.

요즘 조금 얌전히 지내고 있었더니, 좀이 쑤신다는 것도
없지 않았다.

조세광은 주소록에 등록된 번호를 눌러 전화를 걸었다.

"……난데, 애들 집합시켜."

삐삐가 울렸다.

배성준은 허리춤에 찬 삐삐를 빼내 번호를 확인했다.

'……반장?'

호출자는 그가 소속된 Y서 반장이었고, 디지털 화면 위엔 그의 개인 핸드폰 번호가 찍혀 있었다.

그걸 보니 얼마 전 핸드폰을 장만했다며 자랑하던 모습이 눈에 선했다.

「배 형사, 자네도 핸드폰 한 대 장만하는 게 어때? 엄청 편하다, 이거.」

형사 월급이 뻔한데, 그런 사치품을 장만할 수 있을 리가.

하지만 그것도 잠시, 배성준은 삐삐를 보며 가슴이 쿵 내려앉는 기분이 들었다.

좋지 않은 예감이 들었다.

그가 앉은 자리로 직접 건 것이 아니니 더더욱.

배성준은 적당히 눈치를 살피며 밖으로 나와 공중전화 부스에 들어갔다.

배성준은 수화기를 든 뒤, 동전을 넣고 전화를 걸었다.

－예, Y서 강력반 곽달호입니다.

"충성, 배성준입니다."

─……잠깐만……. 아, 이봐요, 거기 건들면 어쩝니까. 거, 나랏밥 먹는 사람끼리. 최 형사, 좀 막고 있어 봐.

자리를 옮기는 걸까, 수화기 너머 부스럭거리는 소리가 들리더니 반장이 목소리를 낮춰 말을 이었다.

─배 형사, 지금 감찰이 떴어.

수화기 너머 들려오는 반장의 목소리에는 다급함이 묻어 있었다.

"……그렇습니까."

정작 닥치고 보니, 배성준은 스스로도 놀랄 만큼 차분했다.

그저 올 것이 왔다는 생각뿐이었다.

─지금 그러고 있을 때가 아니야. 어떻게든 시간은 벌고 있지만…… 배 형사, 자네는 괜찮나? 서랍 안에 뭐 꿍쳐 둔 거 없지?

"……."

암만 털어서 먼지 안 나오는 사람 없고, 그 먼지가 어느 정도로 지저분하냔 차이일 뿐이라지만.

배성준은 자타가 공인하는 베테랑답게 일을 허투루 처리하지 않았다.

아니, 오히려 '해 먹은 것이 많기 때문에' 뒤가 밝히지 않게끔 철저하게 움직여 왔다.

최소한 서랍 아래 돈뭉치를 꿍쳐 두거나 치부책을 써 놓거나 해서 감찰 첫날에 걸릴 만큼 허술하지는 않았단 의미다.

그러나 해 온 일을 없는 것으로 만들 수는 없으니 조사가 길어질수록 꼬리는 들키기 마련이다.

세무조사까지 들어가면 형사 월급에 장만하기 어려운 컴퓨터며 그동안 써 온 아이들 학원비, 아내의 부재로 엉망이 된 집안일을 도와주는 파출부의 월급 등의 출처가 어디인지 집요하게 물어 올 것이다.

'……죄짓고는 못 산다더니.'

비록 어느 정도 마음의 준비는 했다지만 배성준도 김보성이 이렇게 기민하게 나올 줄은 몰랐다.

'사실상 날이 밝자마자인가……. 이미 어느 정도는 눈치채고 있었던 거겠지.'

배성준은 공중전화 부스에 등을 기댔다.

"지금 서로 출발하겠습니다."

─그래. 석 형사도 데리고 와. 어쨌건 머릿수가 하나라도 많은 편이 유리하지 않겠냐…….

반장이 조심스럽게 말을 이었다.

─그런데 정말로 아무 일 없는 거지?

"……."

배성준이 해 먹은 것이 얼마이건 간에, 김보성이 자신을 표적으로 삼은 것 때문에 동료들이 피해를 보게 되었다.

여차하면 징계 수위가 낮은 물건으로 몇 개 때워서 감찰들

체면치레를 해야 할 판국이다.

배성준은 반장을 비롯한 이들에게 그런 미안함이 들었지만, 지금은 발등의 불을 끄는 게 우선이었다.

"예. 문제없습니다."

─……그래. 조심해서 오고.

반장도 배성준의 문제없단 말을 온전히 신뢰하는 투는 아니었지만, 그보다 진한 동료애가 앞섰다.

위기 상황 때는 동료를 우선시하는 Y서 강력×반 특유의 문화였다.

'그 위기 상황이랄 것에 감찰을 염두에 둔 건 아니었지만.'

자리로 돌아온 배성준은 화장실을 다녀온 석동출을 조용히 불렀다.

"석 형사, 잠시만."

오전부터 줄곧 부루퉁하던 석동출은 배성준의 말에 의아해하면서 그를 따라 비상계단으로 갔다.

배성준은 그들 외에 듣는 귀가 없는 장소에서 단도직입적으로 말을 꺼냈다.

"방금 반장님과 통화를 하고 오는 길인데 감찰이 떴다더군."

석동출은 순간적으로 배성준이 무슨 말을 하는 건지 알 수 없다는 듯 어리둥절해했다가, 이내 눈을 크게 치떴다.

"감찰 말씀이십니까?"

"목소리가 커."

"죄, 죄송합니다. 하지만……."

석동출이 으득, 이를 갈았다.

"……수사 배재부터 감찰까지……. 이건 대놓고 저희를 물먹이려는 거 아닙니까?"

"……그렇게 단순하지는 않아."

배성준은 중요한 말만큼은 아꼈다.

김보성은 아마 자신이 지동훈의 진술서를 따낼 당시 서류에 의도적으로 누락한 내용까지 꿰고 있을 것이다.

내통자를 수사 선상에서 배재하는 건 응당한 일이고, 그 내통자를 감찰에 넘기는 것도 인과가 당연했다.

하지만 배성준이 말을 아낀 건 석동출이 자신을 존경하고 있다는 걸 알기 때문이었다.

열정 있는 신입을 키우는 건 나이 든 상급자의 보람이다.

그러니 석동출만큼은 아직 더러운 때가 묻지 않은 열정으로 형사의 소임을 다해 주었으면 하는 것이 배성준 개인의 바람이기도 했다.

"어쨌든 지금은 일이 없으니까 일단 Y서로 돌아가지."

"……예."

석동출은 힘없이 고개를 떨어트렸다.

배성준이 차로 향하는 동안 석동출은 아무 말이 없었고, 그가 입을 뗀 건 광수대 본부가 보이지 않을 때까지 차를 몰앉을 때였다.

"이번 감찰, 왠지 저 때문인 거 같습니다."

배성준이 조수석의 석동출을 힐끗 살폈다.

"무슨 소리야?"

석동출은 쓴웃음을 지었다.

"그게, 얼마 전에 잠실 쪽 아파트를 하나 분양받았는데, 그때 아버지께서 도움을 주셨습니다. 어쩌면 그게 문제가 되어서…….."

뭔가 했더니.

배성준은 픽 새어 나오려는 웃음을 참으며 담담히 대꾸해 주었다.

"그렇진 않을 거야."

가만히 고개를 끄덕인 석동출은 순간 고개를 치켜들었다.

"……하지만 선배님, 생각해 보면 시기가 공교롭지 않습니까?"

석동출이 말을 이었다.

"저희가 수사에서 배재된 것과 동시에 감찰이 떴다는 건, 검찰 쪽에서 이번 광수대 수사가 흐지부지되는 걸 경찰 무용론 쪽으로 몰아가려는 거 같지 말입니다."

"……영화를 너무 봤군."

배성준의 냉소적인 만류에도 석동출은 아랑곳하지 않았다.

"아닙니다. 아니 땐 굴뚝에 연기 나겠습니까. 분명 저희를 표적으로 삼고 트집을 잡아서 유야무야 시키려는 걸 겁니다."

"……."

지금은 무슨 말을 해도 들리지 않을 듯해 배성준은 입을 다물었다.

석동출은 그걸 암묵적 동의로 보았는지, 그의 근거 없는 음모론에 가까운 추리가 이어졌다.

"여기엔 분명 조광의 압력이 있었을 겁니다. 그러잖아도 박상대와 조광 사이의 유착이 의심되는 상황에 이런 식으로 나왔다는 건……. 선배님, 그 소문 들으셨습니까?"

"……."

"현 검찰총장이 최근 최갑철 의원과 자리를 함께한다는 소문입니다."

귀도 밝군.

석동출이 자세까지 고쳐 가며 재차 말을 이었다.

"삼척동자도 알다시피 최갑철은 박상대의 예비 장인이었고, 조광과 유착 의혹이 있던 박상대이니 최갑철도 다르지 않았을 겁니다. 은퇴가 머지않은 총장이 여당의 추천을 받으려면 박상대의 비리가 드러나지 않아야 할 거고, 거기서……."

"그쯤 해 둬."

배성준은 딱딱한 얼굴로 석동출의 말을 끊었다.

"근거도 없는 이야기는 하는 거 아니야."

"……예. 죄송합니다."

석동출은 마지못해 입을 다물었다.

하지만 그 생각은 차내의 어색한 침묵 속에서 꼬리에 꼬리를 물고 이어졌다.

'……만약 여기에 검찰 총장의 수사 종료 압박이 있었다고 하면, 김보성 검사도 가만히 있을 수는 없겠고……. 아, 혹시 김보성 검사가 우리를 수사에서 배제한 까닭은……?'

석동출은 창밖을 보며 생각에 잠겼다.

'……결국 이 일은 조광을 끝장내기 전까진 끝나지 않겠군.'

배성준의 의도와는 다르게, 석동출은 그 가슴속에 다시금 불을 지폈다.

'강하윤 형사, 그녀가 복귀하는 대로 만나서 이야기를 나눠 봐야겠어.'

# 6장

골목길을 굽이굽이 돌아가야 보이는 변두리 어느 한 주택.

동네 자체가 생긴 지 오래되었을 뿐만 아니라 도로 구획에서도 밀려나 집주인이 헐값에 내놓은 이 집은 겉보기엔 평범해 보이는 곳이었다.

아니, 마냥 평범하진 않았다.

담장 안쪽은 관리가 제대로 이루어지지 않아 마당에 잡초가 무성했고, 지저분한 유리창은 언제나 커튼이 드리워져 있었다.

그 커튼 너머.

장성한 사내들이 줄줄이 엎드려뻗친 채 식은땀을 줄줄 흘리는 중이었다.

빡!

"억!"

"허리 들어 새꺄."

다시 한번, 알루미늄 배트가 붕 하고 떨어져 내렸다.

빡!

마지막 매타작이 끝나자 남자는 후우, 숨을 고르며 배트로 땅을 짚었다.

"한 번 더 돌까요?"

의자에 다리를 꼬고 앉아 그 모습을 지켜보던 조세광은 심 드렁한 얼굴로 손가락을 까딱였다.

"그만하면 됐어."

"예. 전원 기상."

배트 남자의 말이 떨어지자마자 줄줄이 엎드려뻗쳐 있던 일동이 얼른 기립해 열중쉬어 자세를 취했다.

조세광은 그 모습을 보며 천천히 입을 뗐다.

"집안 꼴이 이게 뭐냐? 아무리 남자들만 있다곤 하지 만……."

조세광은 주위를 휘둘러보았다.

7~80년대에 걸쳐 지어진 이 집은 환기를 제대로 하지 않 았는지 먼지 내음이 가득했고, 벽지 곳곳에 곰팡이가 슬어 있었을 뿐만 아니라 바닥은 자잘한 스크래치로 가득했다.

뒤이어 조세광은 바닥을 굴러다니던 닭 뼈 하나를 발로 툭

가볍게 걷어찼다.

"새끼들아, 니들이 사람 새끼냐? 처먹었으면 치워야 될 거 아니야."

그러자 가운데 제법 몸이 탄탄한 녀석이 숨을 한 번 들이쉬었고, 그 모습을 곁눈질로 보던 놈들이 가운데 놈을 따라 외쳤다.

"죄송합니다!"

조세광은 그들이 각고의 노력으로 익힌 나름의 노하우에도 심드렁하게 말을 받았다.

"죄송한 줄 알면 안 해야지. 이게 사람 사는 집인지 돼지우리인지."

쯧, 하고 혀를 찬 조세광은 신발도 벗지 않고 들어온 상태였건만, 그는 신고 있는 신발마저 더럽혀졌다는 양 방금 전 닭뼈를 걷어찬 밑창을 바닥에 문질렀다.

"건후야, 나중에 애들 청소나 시켜 놔라."

방금 전 '빠따를 쳤던' 남자, 장건후가 대답했다.

"예, 도련님."

뒤이어 조세광은 턱짓으로 장건후를 불렀고, 그는 알루미늄 배트를 벽에 기대어 세워 놓은 뒤 재빨리 조세광에게로 갔다.

"예."

"애들 청소 끝나면 회식이라도 시켜 줘라. 목구멍에 기름

칠은 시켜 줘야지."

그러면서 조세광은 두툼한 지갑에서 만 원짜리 지폐를 한 움큼 꺼내 장건후에게 쥐여 주었다.

"감사합니다."

"그래, 그리고 건후는 잠깐 나 좀 보자."

조세광은 장건후를 데리고 구석방으로 들어갔다.

예전 집주인이 안방으로 썼을 이곳은 얼룩이 군데군데 묻은 이불이 개이지도 않은 채 구석에 박혀 있었고, 재떨이에는 담배꽁초가 선인장처럼 수북했다.

조세광은 그 모양에 눈살을 찌푸렸다가 장건후를 쳐다보았다.

"다리 바닥에 붙이고 열중쉬어."

"……."

장건후가 시키는 대로 하자, 조세광의 주먹이 장건후의 복부에 틀어박혔다.

배에 힘을 줄 수도 없어서, 장건후는 조세광의 고등학생답지 않은 매운 주먹을 그대로 견뎌야 했다.

"새끼야."

"예, 도련님."

"애들 관리를 어떻게 했기에 거리에 소문이 돌아?"

"……죄송합, 니다."

죄송합니다, 사이에 조세광의 주먹이 다시 한 차례 장건후의 복부를 강타했다.

"아무튼, 쟤들 술 먹여서 어디서 이야기가 샜는지 좀 떠봐
라. 알겠냐?"

"예."

그 뒤 조세광은 두툼한 봉투를 꺼내 장건후의 정장 안주머
니에 꽂아 준 뒤, 가슴께를 툭툭 두드려 주었다.

"건후야. 잘하자. 응?"

"예."

"그러면 수고 좀 해라."

그리고 조세광은 아무 일도 없었다는 듯 태연하게 방을 나
와 그대로 저택을 나섰다.

조세광이 집을 나가자마자, 일렬로 서 있던 남자들은 휴
우, 하고 한숨을 내쉬며 자세를 풀었다.

"씁, 존나 아프네."

"형님, 좀 살살 치지 그랬어요?"

"이럴 줄 알았으면 엉덩이에 뭐라도 댔지."

저마다 기다렸다는 듯 터뜨려대는 볼멘소리에 장건후는
쓴웃음을 지었다.

"하루 이틀 일이냐. 아무튼…… 빗자루랑 마대나 챙겨 와
라. 그러게 청소는 좀 하고 살지."

장건후는 그렇게 말하며 담배를 입에 물었다.

'새끼, 손이 제법 맵네.'

애들 앞에서 내색은 할 수 없었지만, 조세광에게 맞은 곳이 제법 아렸다.

장건후는 엄밀히 말해 조세광의 직속 부하는 아니었다.

굳이 따지자면 역학상 구봉팔과 비슷한—좀 더 파고들자면 구봉팔에 비해서는 급이 떨어지지만—위치였다.

조세광에게는 구봉팔이 관리하던 정화물산처럼 조설훈이 맡긴(조세광의 명의를 이용하기 위한 것도 있었고, 그 나름 리더로서의 조기 교육을 겸하는 제왕학적인 목적도 있었다) 사업체가 여럿 있었는데, 조세광은 최근 구봉팔이 자신의 손을 떠나자 부려 먹기 좋은 부하로 장건후를 써먹기 시작했다.

그런 장건후는 그래도 (허수아비)사장이 세단을 끌고 다닐 정도인 정화물산에 비해서도 턱없이 작고 약한, 사장이 직접 다마스를 타고 다니는 제조사에서 허울뿐인 감투를 쓰고 있었다.

장건후라고 해서 대가리에 피도 안 마른 새파란 것이 '야, 너' 해 가며 두목 행세를 하는 게 마음에 들 리는 없었지만, '도련님'이 하시는 일에 토를 달 수는 없는 노릇이었다.

'그래도 요즘 정신 좀 차렸나 싶었더니, 그렇지만도 않았군.'

'빠따를 쳤던' 장건후를 제외한 이들은 모두 조세광이 '수족처럼 부리는' 불한당으로, 양아치도 아니며 그렇다고 건달에는 미치지 못하는 반건달들이었다.

그렇긴 해도 어디 동네 양아치들이 모여 만든 패거리와는 급이 다르단 나름의 자부심은 있었는데, 그들의 리더가 다름 아닌 조광의 후계자인 조세광이기 때문이었다.

하지만 자부심이 밥 먹여 주진 않는다.

그들은 이따금 조세광이 시키는 잔심부름 몇 번에 그가 던져 주는 용돈만 받아 챙기며 쥐구멍에 볕들 날만을 기다릴 뿐이었다.

칙.

장건후는 조세광이 앉았던 낡고 헤진 가죽 소파에 앉아 담배에 불을 붙였다.

'……구봉팔 형님이 있을 적엔 이 정도는 아니었는데.'

사실, 조세광은 구봉팔에게는 함부로 대하지 못했다.

이성진이 있는 골프장에서야 약간의 허세를 부려 가며 구봉팔을 상대로 함부로 하대하였으나 구봉팔은 조세광도 어딘지 막 대하기 껄끄러웠고, 그래서 지금처럼 군기를 잡을 일이 있으면 그나마 만만한 장건후를 불렀다.

박길태를 죽인 그날 이후론 한동안 얌전하다 싶었더니, 오늘은 갑자기 지랄이다.

오늘 조세광이 군기를 잡은 구실은 '집이 더럽다'는 것이었지만, 설령 집이 깨끗했다 하더라도 분명 다른 트집을 잡아 빠따를 쳤으리라.

'하다못해 김수영이 살아 있었으면 괜찮았을 텐데, 이제는

브레이크를 걸어 줄 놈이 없군.'

주섬주섬 주변을 치우는 저들 역시 조세광이 마음에 들어서 가슴으로 따르는 건 아닐 것이다.

'쥐구멍에 볕들 날만을 기다리는 거야.'

조세광이 성인이 되고 나면 그때부터 어깨를 펴고 다닐 수 있으리란 생각이리라.

더욱이 조세광이 조설훈의 뒤를 잇는다는 건 기정사실이고, 왕자 아래서 방울을 흔들어 댄 놈들은 왕자가 왕위를 계승한 뒤 한 자리씩은 차지할 수 있으리란 기대를 품기 마련이다.

'……물론 저 녀석들이야 젊으니까, 문제 될 거 없겠지.'

장건후는 입에 담배를 문 채 근처에 굴러다니던 만화책을 적당히 주워 페이지를 펼쳤다.

하지만 과연, 이대로 저 개망나니가 조광을 이어받게 된다고 한들 그때 가서 늙고 약해진 자신을 챙겨 줄까.

얼마 전에 죽은 박길태 꼴만 나지 않아도 다행이다.

조폭들의 세계는 철저한 성과제 사회이기도 했으니까.

그렇게 가만히 풀어 주었더니, 묵묵히 청소를 시작하던 놈들은 슬슬 시부렁거리며 입을 뗐다.

"그나저나 지동훈 그놈은 어디서 뭐 하는데? 오늘 전체 집합 아니었냐?"

"지동훈 그 새끼는 노터치지 않습니까."

"하, 씻팔. 김수영 똥꼬나 빨고 다니던 새끼가 출세했네."

"입막음비인지 뭔지 용돈도 두둑이 챙겼다던데요."

"우리는 입 아닌가? 거기에 지동훈만 있었어?"

"……그래도……."

그제야 한 놈이 가만히 앉아 담배를 태우는 장건후의 눈치를 살폈지만, 장건후는 못 들은 척, 바닥에 굴러다니던 만화책 페이지를 슥슥 넘기며 줄담배만 피워 댈 뿐이었다.

장건후가 여기 있는 이들에게 '비교적' 살갑게 대하거나 챙겨 주는 건, 그들 신세가 안쓰럽다거나 귀여워서가 아니었다.

그저, 이들은 채찍을 휘둘렀을 때 당근이 준비되지 않으면 주인을 무는 부류라는 걸 알기 때문에 불과했다.

하지만 조세광은 아직 어려서 그런지, 당근과 채찍이란 개념만 머릿속에 넣고 있을 뿐, 제대로 쓸 줄 몰랐다.

'머리는 꽤 좋은 거 같더니, 애는 애야.'

말이야 쉽지, 사람을 죽인 일이다.

조세광이 이 일이 알려져서 잃게 될 리스크에 비해, '목격자'들에게 뿌린 돈은 무가치하다시피 했다.

고삐리면 몰라도, 돈맛 좀 본 놈들에게 삼겹살 회식 따윈 아무것도 아니고, 오늘 했던 줄빠따 따위는 무서운 축에도 끼지 못한다.

해야 한다면 조설훈이 지동훈에게 쥐여 준 만큼의 돈과 가족을 들먹일 만한 협박을 곁들여야 했다.

당장 저 멍청이들만 하더라도 '용돈'에 곁들인 협박의 정도가 얼마나 깊고 음습한지 짐작도 못 한 채 눈앞의 떡에만 침을 질질 흘려 대지 않는가.

그래서 비밀이란 아는 사람이 적을수록 좋다고 하는 것이다.

어차피 건달 세계의 의리니 낭만이니 하는 것이 존재하지 않는단 것쯤은 이 바닥에 발을 들이고 얼마 지나지 않았을 때 깨닫게 된다.

이 바닥에 있는 '쓰레기'들은 젊을 때 하던 것이 주먹질이 유일한 업적이고, 남들처럼 땀 흘려 일해 먹고 사는 일은 할 수 없기 때문에—또는 할 생각도 하지 않기 때문에—아스팔트에 들러붙은 껌딱지처럼 버티고 있을 뿐이었다.

여기 있다 보면 손쉽게 목돈이 모인단 건 부정할 수 없다.

쉽게 돈을 벌어 본 사람은 다른 일은 시시해서 할 수 없다고 하지 않는가.

한사코 '2차는 가지 않는다'는 술집 애들도 한번 돈맛을 보고 나면 더 이상 예전의 푼돈이나 만지작거리던 생활로 돌아갈 수 없는 것과 마찬가지라고, 장건후는 생각했다.

결국은 돈을 따라 논리가 움직이기 마련이고, 크게 한탕하지 않는 한은 이 끈적끈적한 수렁에서 발을 뺄 수 없다.

'그러다가 깨닫고 보면 머리 위까지 늪이 가득 차기 마련

이고.'

장건후는 냉소했다.

저기 있는 덩치들을 쓰레기 취급해 봐야 누워서 침 뱉기라는 걸, 장건후 본인은 그 누구보다 잘 알고 있었다.

다만.

아마, 조설훈도 그 장소에 이렇게나 많은 목격자가 있었으리라곤 생각하지 못했을 것이다.

'……조설훈이 상황을 제대로 알고 있다면, 상황은 또 달라졌겠지만.'

조설훈도 결국 제 자식에겐 무른 아비였다.

'나도 슬슬 발을 뺄 준비를 해야 하나.'

그러잖아도 요즘 들려오는 소문이 어딘가 심상치 않았다.

조광이 박상대와의 유착을 덮으려 총알받이로 내세운 구봉팔은 이렇다 할 혐의가 없거나 죄가 약소했고, 조직(그룹) 내에서 아무도 눈여겨보지 않았던 조세화가 구봉팔을 등에 업고 차츰 커지고 있다는 소문이었다.

'게다가 지금은 왠지, 삼대째에 들어선 도련님이 이 집안을 말아먹을 것만 같군.'

스륵.

만화책 페이지가 한 장 넘어갔다.

'……그 전에 이 중 어느 놈이 계집애 젖통을 주무르며 무용담을 떠들어 댔는지를 알아내야겠지만.'

뭐, 지금껏 뿌려 둔 당근은 이런 때를 대비한 것이었으니까.

정진건과 박순길은 여진환을 대동한 채 상업 밀집 구역으로 향했다.

대부분의 업장이 해가 뉘엿할 무렵부터 장사를 개시해서 그런지, 평일 정오를 전후한 지금 시간대에는 거리가 한산하였다.

그나마 가게를 연 곳은 점심 장사를 위해 문을 연 식당 몇 군데가 고작이고, 그마저도 손님은 별로 없어 보였다.

"여기가 그나마 동네 번화가에 속하는 곳이긴 합니다만, 이 동네 자체가 밤부터 시작되죠."

여진환이 말을 이었다.

"위치상으로는 오피스 타운도 아니고, 그렇다고 주거 밀집 구역도 아니면서 대학가는 더더욱 아닌, 그런 곳입니다."

"그런 것치곤 술집이나 모텔이 제법 되는구마잉."

박순길의 말에 여진환이 어깨를 으쓱였다.

"예전엔 멀지 않은 곳에 공단이 조성되어 있었거든요. 저도 본 적은 없지만 말입니다."

"으잉? 나는 여 순경이 꼭 동네 토박이인 줄 알았소."

"하하, 그렇진 않습니다. 본가는 여기서 멀어요."

여진환이 미소를 지었다.

"한편으론 여기서 어디로든 갈 수 있단 장점도 있죠. 조금 더 멀리 가면 제법 큰 오피스 타운이 나오고, 주거 구역도 있으면서 버스를 타면 대학가로도 갈 수 있으니까요. 지하철 환승 구간도 그다지 멀지 않습니다."

정진건이 고개를 끄덕였다.

"알 것 같군."

여진환은 나름 좋게 포장했지만, 이는 달리 말하면 어디에나 있는, 개성 없는 변두리 2차 상권이란 의미였다.

정진건은 저 멀리 모텔이 밀집한 방향을 쳐다보았다.

"박강선을 발견한 곳도 이 근처였지?"

"예. 모텔 단지 쪽이죠. 그날 신고를 받고 출동했습니다."

"……혹시 조세광이 부리는 애들 활동 구역도 여기랑 겹치나?"

그 말에 여진환은 턱을 긁적였다.

"활동 구역이라고 말하긴 조금 애매하긴 합니다만, 종종 돌아다니는 모습이 보일 땐 있죠. 근처에서 놀 만한 곳은 오락실 아니면 여기니까 말입니다."

"그래? 업장 몇 개쯤은 관리하고 있을 줄 알았더니."

"그런 시대는 아니지 않습니까. 어깨에 힘주고 다닐 만한 동네도 아니고요."

하긴, 지금은 조폭들이 술집 뒤를 봐주면서 보호세를 받는 시대는 아니었다.

아니, 존재는 하되 최소한 예전처럼 노골적이지는 않다고 해야 할까.

범죄와의 전쟁 이전만 하더라도 술집의 업주는 조폭 중 한 명으로 등록된 상태에서 술집 사장은 바지사장에 불과한 경우가 많았다.

하지만 정부에서 나선 대대적인 단속과 검거 이후는 좀 더 간접적인 방식으로 바뀌었다.

그 난리 통(?)에 살아남은 조폭들은 이제 술집을 직접 관리하는 대신 주류 도매 및 납품 업체를 먹고 시중가보다 비싼 가격에 주류를 공급하는 것으로 보호세를 대신하거나 했다.

그뿐만 아니라 소위 '화류계 아가씨'들을 공급(?)하는 방식도 바뀌었는데, 예전이라면 각 술집에서 관리하는 여종업원들로 술 시중을 들게 했다면 요즘은 승합차에 아가씨들을 싣고 다니다가 삐삐 따위로 호출이 오면 우르르 몰려가는 식이었다.

그래서 조폭들의 구역이란 것은 예전처럼 점 혹은 면 형태가 아닌 선 형태로 변해 갔고, 그만큼 좀 더 단속이 어려워진 것도 사실이다.

'한편으론 그 덕에 놈들도 확장이 어려워졌지만.'

이제는 예전처럼 업장 단위로 먹고 먹히는 바닥이 아니게 되어서, 조폭들은 조폭 나름대로 비즈니스를 해야 하는 시대가 온 것이다.

정진건은 고개를 돌려 불 꺼진 단란주점이며 바, 술집 등의 간판을 보았다.

"그래도 저런 가게라면 관리하는 놈들 한둘 정도는 있을 텐데. 조세광 쪽 말고 다른 놈들이 먹고 있나?"

물론 그렇다고 해서 음지의 불문율이 완전히 사라진 건 아니었다.

자신이 먼저 침 발라 놓은 걸 다른 놈이 넘보는 이상, 이들은 자본주의 원칙에 입각한 경쟁보단 보다 원초적인 방법의 유혈 낭자한 경쟁을 택하곤 하니까.

정진건의 물음은 그런 의미였다.

"그렇지는 않습니다."

여진환이 어깨를 으쓱였다.

"다소 역설적이지만, 조세광이 관리하는 패거리가 있는 것 때문에 다른 놈들이 세를 형성하지 못하고 있거든요."

"흠. 조세광이 업장을 관리하는 것도 아닌데, 조세광을 피한다?"

여진환은 말을 고르는지 잠시 생각하다가 다시 입을 뗐다.

"솔직히 말해서 조세광 쪽은 별달리 말썽을 부리지 않는 편입니다."

"……그건 조금 이상하게 들리는군. 설마 양아치들을 모아 놓고 그저 친목만 다진다는 건가?"

"으음, 어쩌면 말씀하신 것에 더 가깝겠군요. 제가 알기로는 그렇습니다."

여진환은 의외로 정진건의 말에 동의했다.

"사실, 조세광한테 돈이 부족한 것도 아닌데, 사서 말썽을 부릴 필요는 없지 않겠습니까. 제가 보기에는 조세광이 애들을 모아 두는 건 일종의 '취미'가 아닐까 싶을 정도입니다."

동네 양아치들을 모아서 데리고 다니는 게 취미라고?

정진건이 눈살을 찌푸렸다.

"취미 한번 거창하군."

여진환이 쓴웃음을 지었다.

"조세광에게는 딱히 이득이 되지도 않는 일이니 그렇게 불러야겠죠."

여진환이 말을 이었다.

"또, 조세광에게 돈 들어오는 곳은 따로 있는 모양이고요. 그것도 다분히 합법적으로 말입니다."

"……."

그건 정진건도 광수대에 속해 조사하면서 알고 있었다.

조세광의 자금 수급처는 단순히 용돈을 많이 받는단 수준이 아닌, 조광이 지분을 가지고 있는 수많은 중소기업이다.

조광은 대한민국의 유통망을 관리하는 곳이다 보니 기자재를 납품하거나 받는 일에도 그 입김이 닿을 수밖에 없었고, 조광은 당장 자금 유통이 어려운 회사의 채권을 받은 뒤 이를 빌미로 인원을 투입, 조금씩 영향력을 발휘해 가며 해당 회사를 잠식해 나갔다.

비유하자면 빚쟁이를 집에 들여 식구로 쓰는 노릇인 것이다.

'구봉팔이 있는 정화물산도 그런 곳 중 하나지.'

조설훈은 그중 몇 개를 조세광에게 맡겨 둔 모양이었는데, 조세광의 그 나이에 어울리지 않는 자금력의 출처 중 하나는 그런 곳이었다.

'그러면서 골프장 회원권을 팔아먹기도 하겠고…… 하긴, 그 자체가 조설훈이 쥐여 준 용돈이라면 용돈이겠지만.'

따지고 보면 남에게 피해를 주고 말고의 차이가 있을 뿐 이성진 그 녀석도 비슷하지 않은가.

'또, 그 스케일 측면에서도.'

여진환이 조심스럽게 말을 이었다.

"그게 아니면 말씀드리기 조금 조심스럽기는 합니다만, 이쪽이 저희 파출소의 순찰 코스이긴 해도 여기 상권은 H지구대 쪽과 동선이 겹치거든요. 어쩌면 제가 모르는 게 있을지도 모르겠습니다."

"아니야. 이해해."

여진환이 소속된 파출소는 H지구대와 관할이 달랐다.

각 지방은 하나씩의 경찰청을 가지고, 각 경찰청 휘하의 경찰서는 관할구역이 세 개 이상인 행정구역마다 지구대를 운영한다. 여기서 각 지구대는 행정 규모에 따라 몇 개가량의 파출소를 관할하는데, 여진환이 소속된 파출소는 H지구대와 관할이 달랐다.

그러면서도 어느 정도 구역이 겹치면 그 우선권은 보다 상위 조직인 지구대가 가져가며, 급격하게 성장한 서울에서는 제법 비일비재한 일이었다.

이따금 '저희 관할이 아닙니다' 하며 일을 다른 곳으로 넘겼다가 여론의 뭇매를 맞는 건 그런 경위 중 하나였고.

정진건 역시 그런 관습을 옹호하지는 않았지만 경찰도 공무원인 이상 책임 소재를 분명히 해야 하는 상황에 자유로울 수 없단 생각은 하고 있었다.

그런 관할구역 눈치싸움에 드는 불필요한 손실을 막기 위해 만든 곳이 정진건이 몸담고 있는 광수대란 조직이었지만⋯⋯.

'현시점에서는 광수대 조직 자체가 위태롭지.'

오히려 정진건 입장에선 그런 좋은 취지에서 설립된 조직이 이번 헛발질로 첫 단추부터 잘못 끼우는 선례를 남겨 경찰 전체의 손실로 이어질지 모른단 현 상황이 안타까울 따름이었다.

정진건이 물었다.

"그러면 최소한 자네가 아는 한에선 조세광 패거리가 깽판을 놓진 않는단 건가?"

"음……. 예, 그렇습니다."

정진건이 잠시 어울려 다녀 본 바, 여진환은 일반적인 순경에게 요구되는 정도 이상의 실력과 수완이 있어 보였기에, 여진환의 말을 곧이곧대로 믿었다.

그때 잠자코 있던 박순길이 입을 뗐다.

"그라믄 이 동네 유흥가의 평화는 조세광이가 지킨다 이건가?"

"본의는 아니겠지만 결과적으로는요. 이렇게 비유를 들면 이상하긴 한데…… 조세광 패거리의 존재는 외세의 침략을 막는 향토방위군인 셈입니다."

"거 웃기네."

"예. 뭐, 예전 대대적인 단속 이후로 이름 있는 조폭은 다 없어진 것도 있지만요. 설령 있다고 한들 감히 조광을 건들 만큼 간 큰 놈들도 없지 말입니다. 얼마 전 용산 일대가 싹 정리된 후 거기 있던 불량배들이 서울 곳곳으로 흩어진 와중에도 이 동네는 그런 일이 없었으니까요."

그러면서도 여진환은 분명히 선을 그었다.

"하지만 어디까지나 결과적인 것뿐이지, 언제든 변질될 위험이 있는 그레이존임은 분명합니다. 그래서 저 역시 조세광을 예의주시하고 있습니다."

박순길이 피식 웃었다.

"아따, 그라믄 취미가 맞지라. 취미로 목숨 거는 양반들도 있는 마당인데 뭔들 못할까."

"그놈도 생각이 있다면 일부러 사서 고생할 리도 없을 거고 말입니다. 가만히 있어도 조광 그룹 전체가 자신의 것이 될 텐데, 긁어 부스럼 만들 필요가 있겠습니까."

여진환은 별다른 의미 없이 뱉은 말이겠지만, 정진건은 그 말에서 멈칫했다.

'가만히 있어도 조광 그룹 전체가 자신의 것이 된다……?'

거기서 정진건은 무언가, 조금만 더 생각해 보면 뭔가를 알 듯한 기분이 들었다.

'가만히 있는다. 가만히 있을 수 없다. 가만히 있을 수 없는 상황. 가만히 있으면 득 될 것이 없는 상태…….'

여진환은 웃음기라 사라지지 않은 얼굴로 정진건을 보았다.

"아무튼 이 거리에서는 크게 신경 쓸 만한 건 없을 듯합니다. 지금은 아는 얼굴도 없……."

그는 정진건이 생각에 잠긴 얼굴이자 자연스럽게 말끝을 흐렸다.

그 소소한 배려 덕에 정진건은 생각의 막힘 없이 사고를 이어 갈 수 있었다.

박길태를 살해한 것이 조세광이라면, 조광이 직접 나서 가며 입막음을 할 동기로 충분했다.

'만약 최근 나오기 시작한 가설대로 박길태를 죽인 것이 조세광이라면.'

생판 남에 가깝던 박길태를 죽이게 된, 그 전에 '시비 걸 가치조차 없는' 박길태를 Y구 야산까지 불러내야 했던 조세광의 그 불명확했던 동기가 떠오를 것 같다.

'조세광은 예의 패거리를 시켜 박길태를 불러냈을 거야. 그리고 박길태의 품에 있던 부서진 카세트테이프⋯⋯. 만약 이게 얼마 전 손에 넣은 도청 기록 사본의 일부라고 하면, 그 건 원래 조세광이 손에 넣었던 도청기에서 나온 것이겠지. 현장에서 거래 자체는 이루어진 거야.'

도청 내용이 공개되었을 때 가장 큰 피해를 볼 인물은 다름 아닌 조설훈이며 그 피해란 고스란히 조설훈의 적자인 조세광에게도 이어지는 것이기도 했으나 다른 도청 기록을 들어 보지 못했다면 조세광은 거기까진 알지 못했을 수 있다.

그 시점에선 조세광도 박길태가 가진 도청 사본 전체는 알지 못했다. 아니, 정확히는 손에 넣지 못한 상황이다.

'효심인가? 아니, 그건 중요하지 않아. 어쨌건 도청기의 존재를 안 조세광은 조설훈에게 갈지도 모를 피해를 원천 차단하려고 했다. 상황은 조성광의 유산을 둘러싼 분배 문제. 조설훈의 몫이 줄어들면 자신에게도 피해가 가지.'

여기서 조세광이 조설훈에게 알리지 않고 독단으로 일을 처리했다는 건.

'······박길태를 협박해서 조설훈과 직접 담판을 지어 볼 생각이었던 건가?'

현장을 감식한 양상춘 박사는 박길태의 죽음은 우발적이고 충동적인 결과임을 피력한 바 있었다.

조세광이 박길태와 '거래'를 한 이상, 그도 박길태를 죽일 생각은 일절 없었을 것이다.

하지만 여기서 조세광이 간과한 건, 그가 궁지로 몬 것은 조지훈뿐만이 아니란 것이다.

'정작 당사자인 박길태의 입장을 고려하지 않았겠지.'

그 전달할 '증거'로 도청기에서 꺼낸 카세트테이프 사본까지 박길태에게 건넸지만, 그걸 조지훈에게 전달해야 하는 박길태는 인생이 끝장났단 생각이 들었을 것이다.

'주지하다시피 총기의 원소유주는 박길태였고, 궁지에 몰린 박길태는 먼저 총을 꺼내 조세광을 겨누었다. 그 와중 일어난 몸싸움. 둘은 짐승처럼 엉겨 붙고, 김수영은 그걸 떼어내려 가까이 갔다가, 오발로 사망······.'

정진건이 고개를 끄덕였다.

'조설훈이 최근 조지훈과 화해를 한 듯 보이는 것도, 박길태를 죽이고 만 조세광의 실책을 덮기 위함이라면.'

얼추, 실타래가 풀리는 기분이 들었다.

생각을 마친 정진건은 고개를 돌려 가만히 자신을 기다려주고 있는 박순길을 보았다.

"박 형사님, 부탁 하나만 드려도 되겠습니까?"

"으응? 상관없소. 뭐든 말만 하시요."

"박 형사님께는 여기 있는 여 순경과 함께 탐문을 부탁드리겠습니다."

박순길은 고개를 끄덕였다.

"그야 뭐, 어렵지도 않지비."

박순길이 말을 이었다.

"하믄, 정 형사는 어쩌실 셈이요?"

"저는 먼저 본부로 복귀할까 합니다."

정진건은 지금 떠오른 생각의 끈을 놓고 싶지 않다는 양 빠르게 말을 이었다.

"게다가 원래 오늘은 국과수 사람을 검사님께 소개하기로 해서요."

선약을 잡아 두고 여길 들렀으니, 정진건은 애당초 큰 기대는 하지 않고 있었다.

원래는 소장에게 간단한 협조만 부탁한 뒤 곧장 자리를 옮길 생각이었으나 소장이 붙여 준 여진환은 생각 외로 유능했고, 조세광과의 예기치 못한 만남까지 있어서 그가 계획했던 예정과 다소 어긋난 스케줄을 진행 중이었다.

박순길은 그런 정진건의 속내를 얼추 짐작했으면서도 모른 척 그의 요청을 받아 주었다.

"아따, 국과수 사람이랑도 알고 지내는갑네. 우리 정 형사

은근히 마당발이요."

너스레를 떤 박순길은 여진환을 보며 어깨를 으쓱였다.

"그라믄 그렇게 하소. 내는 여 순경이랑 쪼까 동네 좀 돌아댕길텡께. 뭔가 알아내믄 연락하겠소."

"감사합니다. 아, 차는……."

"아따, 이제는 서울 대중교통은 빠싹하요. 걱정 말고 가보랑께."

정진건은 고개를 꾸벅 숙인 뒤 빠른 걸음으로 자리를 떴다.

여진환은 멀어지는 정진건을 보며 박순길에게 슬쩍 말을 건넸다.

"정 형사님께서 뭔가 알아내신 것 같습니다."

"음. 정 형사도 실력이 좋응께. 뭐, 내만치는 아니지만서두."

박순길은 씩 웃으며 여진환을 보았다.

"게다가 정 형사는 가정에 충실한 남자지라. 그라니 앞으로 돌아댕길 곳이랑은 거시기, 아무래도 거리를 두는 게 좋을 거여."

"앞으로 돌아다닐 곳……이라니요?"

토박이 수준으로 동네를 꿰고 있는 여진환도 모르는 장소라니, 여진환은 어리둥절한 얼굴이었지만 박순길은 씩 의미심장하게 웃었다.

"아따, 우리 여 순경도 쑥맥이구마잉."

"……예?"

"여 순경은 사내놈들의 말이 많아지는 곳이 어딘지 아는 감?"

여진환은 잠시 생각하다가 대답했다.

"술집……입니까?"

"그거 말고."

"……."

"흐흐, 술에는 거시기가 따라오기 마련 아니긋나잉."

박순길이 새끼손가락을 들며 히죽 웃어 보이자, 여진환은 그제야 고개를 끄덕였다.

"아, 화류계 말씀이로군요."

"글치. 이제야 쪼까 말이 통하는구마잉."

박순길은 팔짱을 낀 채 주위를 둘러보았다.

"술집 있는 동네에 침대꺼정 있으면 이짝은 분명 나가요 언니야들이 있을 거시여. 거시기 달린 놈들은 예쁜 언니야들 앞에서 쌘 척하고 싶어 하는 것이 자연의 섭리라. 아랫도리에 바람 통하면 거기서 말도 새어 나가기 일쑤인 것이 또 당연한 것이고."

여진환은 생각 끝에 고개를 끄덕였다.

"조세광과 관련한 소문은 거기서 비롯했단 말씀이시군요."

"그라제. 게다가 조세광이 부하라믄 한참 혈기왕성한 놈들일 텡께 입이 근질근질했을 거시야. 내 말이 틀렸는감?"

"아닙니다. 박 형사님 말씀을 들으니 그쪽 방면으로 조사해 볼 가치는 충분한 거 같습니다."

박순길은 씩 웃으며 여진환의 어깨를 툭툭 두드렸다.

"아따, 샌님처럼 생겨서는 말이 통하는구마잉. 또 우리끼리 하는 이야기지마는 솔직히 정 형사 견적은 쪼까 아가씨들이 겁먹기 좋지비."

따지고 보면 그렇게 말하는 박순길의 생김새도……. 아니, .여진환은 말을 아꼈다.

"그라믄 이야기도 됐고, 싸게싸게 안내해 보랑께."

"……그런데 말입니다."

"뭐여?"

"저도 그쪽은 잘 몰라서……."

"……흐미."

박순길은 머리를 긁적였다.

"하는 수 없구마. 여 순경은 그라믄 이 형님만 믿고 따라오그라잉."

"예? 아, 옙!"

여진환은 순간 이래도 괜찮을까, 하는 생각이 들었지만 한편으론 사복 차림이니 괜찮겠지, 하는 생각으로 약간의 우려를 덮어 두기로 했다.

"아, 물론."

박순길이 덧붙여 당부했다.

"이거슨 어디까지나 거시기, 수사의 일환이니께, 괜한 오해는 허지 말고. 알았제?"

"······아, 예. 여부가 있겠습니까."

누가 뭐랬나.

그 시각, 석동출과 배성준은 Y서에서 광수대로 복귀를 마쳤다.

두 사람이 속한 강력계를 한차례 뒤집고 간 감찰 측은 몇 가지 자잘한 자료를 수거해 갔으나, 석동출의 눈에 그들이 배성준을 표적으로 삼고 있다는 것은 명백해 보였다.

"······."

갈 때와 마찬가지로 돌아올 때까지, 두 사람은 아무런 말도 하지 않았다.

배성준은 차에서부터 아무 말 없이 담배만 뻑뻑 피워 댔고, 석동출은 그런 배성준 곁에서 묵묵히 운전만 했다.

Y서 강력계에 감찰이 떴단 소문이 파다했는지, 광수대의 경찰 일동은 복귀한 둘을 보며 눈인사라도 했으면 다행이고, 저마다 자리를 피했다.

그들 역시 오늘 김보성이 발표한 인사 편성과 Y서에 가해진 감찰이 무관하지 않으리라 생각하면서 혹시 모를 불똥을 피하기 위해 저마다 보신하려는 것이리라.

석동출은 그런 '동료 경찰'들의 태도에 서운함을 느끼면서 쓴웃음을 지었다.

'어쩔 수 없지.'

자리로 복귀한 배성준은 외근 팻말을 벽에 걸어 두곤 어디론가 자리를 떠났고, 석동출은 책상에 홀로 남아 건성으로 서류를 정리했다.

그런 일이 있었으니 머릿속이 복잡했고, 협박과 회유가 오가던 신경전을 벌인 탓에 피로감이 극심한 석동출은 어디 아무도 없는 곳으로 가서 눈이라도 감고 싶었다.

'……어쩔 수 없다지만 눈치를 살피는 사람들 태도는 마음에 들지 않는군.'

직위해제까지 가진 않아서 그나마 다행이라고 해야 하나.

원칙적으로는 수사에서 배제해야 함이 옳으나, 감찰 측도 그 정도로 대놓고 티를 내고 싶진 않은 듯했다.

애당초 광수대란 조직이 청장이 주도해서 직접 Y서 서장에게 인사 배치를 명했던 사건이니, 내부 감찰을 꾸려야 하는 Y서장 입장에서도 섣불리 손쓰긴 애매한 입장이리라.

물론 어디까지나 시간 벌이일 뿐, 이후는 시간문제였다.

'이러다가 광수대가 해산하는 즉시 치고 들어오겠지.'

그러면서 배성준이 부패 경찰이리라곤 꿈에도 생각하지 못하는 석동출은 이 일이 보다 거대한 음모 아래서 펼쳐지는 정치적 견제이리라는 망상을 이어 갔다.

'다들 광수대를 해산시키기 위해 술수를 부리는군.'

그런 석동출의 시야 한구석에 아까 전부터 서성이며 들어 왔다 나가는 사람이 한 명 눈에 띄었다.

"……."

거참, 신경 거슬리게 하네.

결국 석동출은 참지 못하고 입을 뗐다.

"강 형사님, 혹시 제게 무슨 용건이라도?"

"예? 아, 그게 말입니다……."

강하윤은 기다렸다는 듯, 그러면서도 우물쭈물하며 조심 스럽게 입을 뗐다.

"석동출 형사님, 혹시 괜찮으시면 박상대 관련 자료 공유 좀 요청드릴 수 있을까 해서요……."

"박상대 말씀이십니까?"

"예."

고래 싸움에 새우 등이 어떻다고 전후 사정을 모르는 강하 윤까지 이쪽의 눈치를 살피는 모습은 못내 서운했지만.

석동출은 사무적으로 책상을 뒤져 박상대와 관련한 자료 를 찾았다.

"어느 쪽 자료 말씀이시죠? 강도 살해 건입니까?"

"아, 그게, 박상대가 보유한 재산 쪽 자료가 필요합니다."

생각 없이 서류를 꺼낸 석동출이 멈칫했다.

'지금 와서 박상대의 재산 목록이 왜?'

그래서 석동출은 서류를 건네려다 말고 강하윤을 보았다.

"무슨 문제라도 생겼습니까?"

이제 와서, 라는 앞말은 생략했지만.

요즘 들어 강하윤은 정진건과 따로 움직이는 일이 잦았는데, 그래도 명색이 같은 ××경찰서 강력계 소속이니 따로 다른 일을 시키고 있는 걸지도 모르겠단 생각을 했다.

그 와중 석동출은 저도 모르게 날 선 반응을 하고 만 스스로를 반성했다.

강하윤은 괜히 한차례 뜸을 들였다가 목소리를 살짝 낮춰 대답했다.

"실은 오늘 박강선의 변호사가 선임되었습니다."

"박강선이라면 박상대의 친자인……."

"예."

강하윤이 덧붙였다.

"유족 측에서는 인정하고 있지 않지만요."

"……알고 있습니다. 그러니 변호사 측은 자료 공개 신청 전에 먼저 박강선과 박상대가 혈족임을 증명하는 것이 우선일 텐데요."

"그건 그렇습니다만……."

강하윤이 얼른 덧붙였다.

"변호사 측 입장은 가능하면 소송까지 가지 않고 유류분 상당액을 지불하는 것으로 끝냈으면 해서요. 강선이의 입장이 입장이다 보니, 사안이 다소 예민하지 않습니까? 그래서……."

얼추 알 것 같았다.

그러잖아도 골치가 아픈데 새삼 박상대 쪽을 다시 들춰 언론이 냄새를 맡게 하느니, 박강선에게 붙은 변호사는 재판까지 가기 전에 원만한 협의로 일을 마무리 지었으면 하는 것이리라.

'여기서 강 형사는 이 일로 어느 정도 편의를 보았으면 하는 것이겠고.'

겸사겸사 박강선 쪽으로 팔이 굽어 있는 강하윤이니, 완전한 중립을 지키는 것보단 좀 더 '도덕적인' 방식으로 일을 진행하고자 함이리라.

박상대의 유족 입장에서는 어디서 굴러왔는지 모를 사생아에게 집안 재산을 빼앗기느니 버티고 서서 '친자 관계임을 입증하라'는 쪽으로 진행하고 싶을 것이다.

박상대와 정순애가 사망한 이상, 박강선이 박상대가 친자임을 증명하려면 유전자 감식을 거쳐야 하는데, 석동출이 알기로 이 방식은 아직 선례가 없는 일이었다.

유족 측 역시 유전자 감식으로 친자임을 증명한 건 선례가 없는 일이니 이걸 재판으로 끌고 가 볼 만하단 생각을 하고 있을 터.

보통은 길고 긴 재판을 견디지 못하고 합의에 이르기 마련인데, 박강선이 박상대의 친자임을 증명하는 것은 어쩌면 대법원의 판단을 요하는 일이 될지도 모를 지경이었다.

'더군다나 박상대도 뒤가 깨끗하지 못한 인물이었으니, 추후 추징금으로 회수될 것까지 고려해서 송사를 진행했으면 하는 거겠지.'

그래도 공은 공이고 사는 사였다.

보통 때라면 열람 권한이 있는 동료 형사에게 '가벼운 편의'를 제공해도 무방했겠지만, 그러잖아도 한차례 감찰을 겪고 오는 길이었다.

석동출 입장에서는 괜히 긁어 부스럼 만드는 일은 만들고 싶지 않았다.

'여기선 공식적인 재가를 받아 오라고 해야겠군.'

사무적인 어조로 '안 된다'고 말하려던 석동출은 그 순간 생각을 고쳤다.

'잠깐. 이거…….'

변호사에겐 공식적으로 재산을 열람할 권한이 생긴다.

'달리 생각해 보면.'

이는 박강선에게 배정된 변호사를 통해 공식적으로 박상대의 재산을 열람하고 수사할 새로운 권한이 생기는 일이 아닌가?

더욱이 박상대를 향한 수사는 여러 정치적 입장 탓에 흐지부지되어 중지된 상태나 다름없었다.

아마 이대로 내버려 두면 광수대가 해체된 이후에나 다른 쪽에서 일을 맡아 처리할 것이 분명했고, 그때 가선 박상대와 연루된 검은돈의 출처는 덮이게 되리라.

그러니 지금, 이 기회를 잡아야 한다.

생각을 마친 석동출이 고개를 끄덕였다.

"알겠습니다. 제가 가진 자료를 공유해 드리죠."

"감사합니다."

미소 띤 얼굴로 고개를 꾸벅 숙이는 강하윤을 보며 석동출이 덧붙였다.

"그 대신이라고 말하기는 뭣하지만, 강 형사님, 저와 커피 한잔하시지 않겠습니까?"

석동출의 진지한 눈빛에 강하윤은 당황하며 한 걸음 뒤로 물러섰다.

"예? 저, 죄송하지만 그건……."

"……예?"

그제야 석동출은 자신의 말, 그리고 자신과 강하윤 사이의 입장에 오해의 소지가 다분하단 걸 눈치챘다.

"아, 아아아니, 그런 게 아니라, 오해하지 마십시오. 저는 그게, 어, 수사 공유를 부탁드리기 위해서란 의미고, 결코 사적인 생각은 추호도 하지 않았습니다!"

당황한 나머지 목소리를 높였더니, 주위에서 무슨 일인가 하며 이쪽을 보고 있었다.

강하윤 역시도 식은땀을 뻘뻘 흘리는 석동출을 보면서 마지못해 미소를 지었다.

"……아, 네. 오해해서 죄송합니다. 그러면 앞장서겠습니다."

"……감사합니다."

석동출은 한숨을 내쉬며 서류를 챙긴 뒤, 도망치듯 사무실을 나섰다.

'나 참.'

그 전에, 강하윤의 질색하던 표정은 어딘지 모르게 마음의 상처로 남긴 했다.

# 7장

국과수 감식원의 소견서는 어디까지나 참고 사안일 뿐, 소견서의 법정 증거 효력의 여부는 담당 검사의 재량에 달렸다.

더욱이 양상춘이 올린 글은 엄밀히 말해 '부검을 통한 감식 결과'보단 그의 개인적인 추리가 더해진 것에 가까웠다.

그러다 보니 이를 공식 오피니언으로 채택하는 건 광수대 입장에서도 조심스러울 수밖에 없었는데, 양상춘이 제출한 소견서는 지금껏 수사해 온 사안을 도루묵으로 만들 뿐만 아니라 오리무중인 진범을 밝히는 수고로움을 감수해야 할 내용이 핵심이었다.

특히 박상대의 갑작스러운 죽음으로 인해 언론의 뭇매를 맞은 광수대는 '실적'을 보여야 할 필요가 생겼고, 진범을 특정할 수 없는 상황 속에서 자칫 미제 사건을 하나 더 늘렸다간 이는 고과의 무덤으로 직행할 사안이기도 했다.

이런 때에 김보성이 정진건에게 양상춘과 면담을 요청한 건, 그가 현실과 타협하는 대신 직접 맞서고자 칼을 빼 든 것이라고 할 수 있었다.

양상춘은 저번에 보았던 것과 똑같은 머그 컵에 인스턴트 커피 믹스를 쏟아부었다.

"커피?"

"아니. 여기 오기 전에 한 잔 마셨어."

양상춘은 정진건의 말을 대수롭지 않게 받으며 끓는 물을 머그컵에 따랐다.

그 모습을 보며 정진건은 '여진환이 이 모습을 보면 어떤 반응을 보일까' 잠시 생각했다.

양상춘은 커피 믹스 봉지 스틱째로 머그컵을 휘휘 저은 뒤, 인스턴트커피를 홀짝였다.

"음, 역시 커피는 달아야 해. 당이 들어가야 머리가 좀 돌아가거든."

짤막한 감상을 늘어놓은 양상춘이 정진건의 맞은편 의자에 앉았다.

"······그래서, 우리 검사님께서 나를 만나 뵙자고 하신 건드디어 용의자를 특정하신 모양이군."

냉소적이기까지 한 양상춘의 말에 정진건은 쓴웃음을 지

었다.

"얼추."

"하긴, 저쪽에서 보험을 해지하고 나설 정도니까 가닥이 잡혔나 본데. 누구야?"

"조세광."

정진건의 말에 양상춘은 머그 컵을 든 채 멈칫했다.

"조세광이면 그거지? 조설훈의 장남."

"그래."

"……이거 참, 단순 보험 해지 수준이 아니라 아예 섶을 지고 불 앞에 섰군."

양상춘이 혀를 내둘렀다.

"하긴. 정황을 보면 그럴 만도 하겠단 생각이 들긴 했어."

양상춘은 후룩, 커피를 한 모금 마셨다.

"지동훈에게 붙은 빵빵한 변호사며 현장에 다수 있었을 것으로 추정되는 다른 목격자가 한 사람도 나오지 않았다는 건 적잖이 높으신 분일 거라 생각했지. 그렇다고는 해도 조세광이라……."

혼잣말을 중얼거린 양상춘이 의자에 등을 기댔다.

"그래도 아직 고등학생인데, 박길태랑 몸싸움을 벌일 만하긴 하나? 그래 봬도 박길태 역시 제법 완력은 있을 텐데."

정진건은 담담하게 말을 받았다.

"만나 보니 그럴 만하겠더군."

"만나 본 거냐?"

"오늘. 최소한 박길태와 싸워도 힘에서 밀릴 거 같진 않았어."

"……."

양상춘이 커피를 한 모금 마셨다가 다시 입을 뗐다.

"그렇긴 해도 박길태의 죽음으로 이득을 볼 조광의 많고 많은 높으신 분 중에서 조세광을 특정한 이유는 있었을 거 아닌가?"

"……."

검경 측이 박길태 살해 용의자로 조세광을 특정한 건 배성준이 수사 자료를 수정한 흔적을 발견했기 때문이었으나, 양상춘에게 그런 걸 밝히긴 다소 꺼려졌다.

양상춘은 정진건의 침묵을 보곤 더 이상 캐묻지 않고 커피를 후룩 마셨다.

"아직 체포한 건 아니지?"

"영장 신청도 안 했을걸."

"그런가. 아, 그러고 보니 강 형사는?"

"응?"

"강하윤 형사. 자네 버디 말이야."

"아."

정진건은 강하윤의 부재를 대강 둘러댔다.

"다른 일을 맡겼어."

"역시 그랬군."

"역시라니?"

"자네가 오기 전에 전화를 받았거든. 박강선이란 애의 변호사 측에서 박상대와 박강선이 부자 관계임을 입증할 수 있는 유전자 감식 자료를 필요로 한다고. 자네 혼자 여기 온 걸 봤을 때부터 둘이 따로 움직이고 있는 건가 했지."

양상춘의 말에 정진건은 다소 어리둥절해하는 얼굴을 했다.

양상춘이 그런 정진건을 보며 물었다.

"자네가 시킨 거 아니었나?"

"……."

저번 뉴월드백화점에 반지 의뢰를 맡길 때도 보고 절차 없이 일을 진행해서 따끔하게 혼을 냈는데, 이번에도 의욕이 앞서는 강하윤의 나쁜 버릇이 나오고 만 모양이다.

하지만 이번 일만큼은 강하윤을 문책하는 것이 꺼려지는 것도 사실이었다.

그녀를 수사에서 의도적으로 배제해 온 건 다름 아닌 자신이었으니까.

'……슬슬 어느 정도 현장 재량권을 줘야지 생각은 했지만.'

그렇다곤 하나 정진건은 타인 앞에서 버디를 욕되게 할 생각은 없어서, 화제를 돌릴 겸 물었다.

"그래서, 친자던가?"

양상춘은 그런 정진건을 물끄러미 보았지만 더 캐묻는 일 없이 질문에만 대답했다.

"다행히도 일치하더군. 아니, 이걸 다행이라고 해야 할지는 모르겠지만."

"뭐가?"

"……이로써 박강선이란 애는 졸지에 천애고아가 되어 버리지 않았나? 그런 의미에서 한 말이야."

"아. 응, 그렇군. 안됐지."

"뭐야, 설마 다른 의미로 생각한 건가? 나 참. 사람을 어떻게 보고."

어떻게 보긴.

평소 양상춘이라면 그런 감정적인 일을 일부러 들먹이지 않을 거라고 생각해서 그랬을 뿐이었다.

양상춘이 말을 이었다.

"신문을 보니까 박상대 측 유족은 좀처럼 인정하지 않으려고 해서 말이야. 괘씸해서라도 자네들 부탁이 있기 전에 알아봤지. 뭐, DNA는 이쪽이 다 가지고 있으니까."

사적 감정으로 기자재를 다뤄도 될 일인가, 싶었지만 정진건은 따지는 대신 물었다.

"법정 공방으로 몰고 가면 효력이 있을까?"

"물론이지. 외국에선 친자 검사가 법적 증거로 강력한 힘을 발휘하고 있어. 유전자 감식 결과를 수사 증거로도 채택하는 마당이니 당연히 되겠지. 우리나라도 이미 91년도부터 하고 있고. 다만 오지랖 좀 부려 보자면."

양상춘이 쓴웃음을 지었다.

"박상대가 문제야."

"박상대가 왜?"

"AB형이라서."

"……AB형?"

흠, 설마하니 양상춘이 요즘 유행하는 혈액형별 성격 이야기를 하려는 건 아닐 테고.

양상춘은 정진건의 어처구니없는 생각을 눈치챈 듯 헛웃음을 터뜨렸다.

"박상대의 아버지, 박영효 말이야. 그 양반은 B형이고, 모친은 O형이더군."

"그걸 먼저 말해야지."

"그런가? 나는 자네도 아는 줄 알았지 뭔가."

"……."

정진건이 인상을 찌푸렸다가 눈썹을 씰룩였다.

"잠깐, 그러면 박상대는 박영효의 친자가 아닐 수도 있다는 건가?"

"확률상으로는 그래. 뭐, 그 시절에는 검사 자체가 틀리는 경우도 왕왕 있었고 드물게 나올 리 없는 혈액형이 나오는 경우도 있지만, 알아보니 박상대가 박영효의 친자가 아닐 수 있단 이야기는 꾸준히 나왔던 모양이더군."

"흠."

"박영효가 심장마비로 죽은 지도 제법 됐다던가? 이제 와선 알아낼 수 없겠지."

"……."

박상대가 남기고 간 유산이 적지 않을 테니, 이를 둘러싼 지저분한 싸움이 예상된단 의미였다.

"뭐, 거기까진 내 알 바 아니지만, 일단 알고 있으란 의미야. 아무튼."

양상춘이 후루룩, 커피를 마저 마신 뒤 자리에서 일어섰다.

"곧 약속한 시간이지? 슬슬 움직여 볼까."

정진건이 고개를 끄덕였다.

그 시각, 강하윤은 석동출과 각각 커피 한 잔씩을 뽑아 두고 로스트 빈 테이블에 마주 앉아 있었다.

"아까 전에는 죄송했습니다."

강하윤이 고개를 꾸벅 숙였다.

"세간에선 이걸 자의식과잉이라고 하던가요……. 석 형사님께서 그럴 의도가 있을 리 없는데."

석동출은 헛기침을 했다.

"아닙니다. 전후 맥락을 건너뛴 제 잘못이죠. 오해를 하게
해 드려 죄송합니다."

그리고 석동출은 민망한 구석이 남은 기분을 커피 한 모금
으로 조금 씻어 냈다.

커피 맛이 왠지 썼다.

"그나저나."

석동출이 말을 이었다.

"박강선이 드디어 변호사를 선임한 모양이군요."

"아, 네. 조금 갑작스럽게 결정된 일이지만요."

강하윤이 고개를 끄덕였다.

"오늘 강선이를 찾아갔더니 외가 쪽 사람들이 면회를 기다
리고 있었거든요."

"외가라면…… 정순애 씨 쪽의?"

"네. 정순애 씨의 오빠 되는 사람이 부인과 아이를 데리고
왔더군요. 강선이를 입양하려고 해서."

강하윤은 아랫입술을 꾹 깨물며 씁쓸해하는 표정을 감췄
다.

"그야 경찰 입장에선 사적 감정을 배제해야 하는 게 옳지
만, 제 눈엔 그들의 목적이 뻔해 보였어요. 강선이가 상속받
게 될 박상대의 유산을 노린 것 같더라고요. 그래서 아는 사

람을 통해 변호사를 소개받았어요."

"아뇨, 잘하셨습니다. 저도 그쪽은 영 별로였거든요. 필요할 땐 연락 두절이더니 이제 와서 나타났다는 건 목적이 뻔하죠."

그러지 않을 것 같던 석동출이 동조해 주자 강하윤은 미소를 지었다.

"고맙습니다. 또, 강선이에겐 다행히도 실력이 뛰어난 분으로 보였어요."

"아는 분 소개를 통해 실력 있는 변호사를 소개받았다. 이거, 강 형사님 인맥도 만만치 않군요."

뭐, 깜빡할 때가 있긴 하지만 따지고 보면 대단한 사람이긴 하지.

강하윤은 쓴웃음을 지으며 커피를 한 모금 마셨다.

석동출이 말을 이었다.

"박상대의 재산 열람 요청도 변호사 쪽이 의뢰한 일입니까?"

"네. 법적으로는 권리 행사가 가능하다고 해서요. 아직 수사 중인 사건이어서 조금 어렵긴 하겠지만……."

"예. 박상대를 둘러싼 비리며 유착 혐의가 완전히 밝혀지지는 않았으니 당장 송사를 진행하긴 어렵겠군요."

"그래도 앞서 본부에서 말씀드린 대로 유족 측과 사전 협의라도 하려면 조금쯤은 알아 둘 필요가 있다고 말씀하셔서요. 아, 그에 따른 친자 검사는 국과수에 의뢰를 해 둔 상태입니다."

보기와는 달리 행동력이 있군.

석동출은 그렇게 생각하면서 고개를 끄덕였다.

"알겠습니다. 그렇다면야 응당 협조해 드려야죠. 제가 도와드릴 수 있는 범주에선 최선을 다하겠습니다."

"감사합니다."

"그런데."

거기서 석동출이 슬쩍 본론을 꺼냈다.

"사안이 사안이다 보니 언론 노출은 피하기 어려울 것 같군요."

그도 그럴 것이 박상대란 존재는 언론이 물고 뜯기 좋은 소재일 뿐만 아니라 그 사생아랄 박강선 역시도 마찬가지였다.

"정 형사님 의견은 어떻습니까?"

"……."

강하윤의 얼굴은 아차 싶은 얼굴인가 싶으면서도 하는 수 없었단 체념의 기색도 묻어 있어서, 석동출의 눈엔 그것이 다소 의아했다.

'설마 정진건 형사는 아직 모르는 일인가?'

석동출의 생각을 비집고 강하윤의 대답이 흘러나왔다.

"방금 말씀드렸듯이 갑작스럽게 결정된 일이어서요. 현장 판단을 우선했습니다."

말이 좋아 현장 판단이지, 아직 보고 체계를 밟지 않았단 뜻이었다.

'요즘 따로 움직이는 일이 잦아 보이더니, 그러면 오늘도 그랬단 건가?'

게다가 정진건은 최근 전라도에서 올라온 박순길 형사와 어울리는 일이 잦았다.

'……오늘 있었던 인선 변경과 무관하지 않을 거 같군.'

강하윤이 말을 이었다.

"물론 나중에 보고드릴 겁니다."

"아, 그러셔야죠. 게다가 이번 일은 초동 대처를 잘하셨으니 사후 보고로도 무방할 겁니다."

"그렇습니까?"

"예. 제가 보기에는 이제 강 형사님의 현장 재량권을 인정해 주시려는 것 같은데요. 사실 이번 일 통틀어 강 형사님께서 하신 활약도 대단하지 않습니까?"

"……과찬이십니다."

석동출 스스로도 뱉고 보니 너무 노골적으로 띄워 줬나, 싶긴 했다.

'그마저도 자칫하다간 사심이 있는 것처럼 보일까 싶고.'

그래서 석동출은 예정보다 빠르게 본론으로 향했다.

"그러면 최근엔 정 형사님과 따로 움직이시는 것 같은데…… 무언가 단서가 잡혔습니까?"

"……"

석동출의 말은 정진건이 하고 있는 일을 묻는단 의도가 다소 노골적이어서 강하윤의 경계를 샀다.

석동출이 협조를 해 주겠단 자체는 감사한 일이지만 그와 별개로 담당하던 일이 소속 단위에서 교체된 서로의 입장은 어색하고 불편한 사이였으니까.

결국 석동출은 강하윤의 협조를 구하기 전, 자신이 드러내야 할 건 드러내야 한단 판단에 이르렀다.

"실은."

석동출은 커피를 한 모금 마신 뒤, 목소리를 낮춰 입을 뗐다.

"오늘 저희 Y서에 감찰이 떴습니다."

인맥 있는 사람들 사이에선 이미 제법 멀리까지 알음알음 퍼진 일이었지만, 이제 막 외근을 다녀온 강하윤은 금시초문이라는 듯 눈을 동그랗게 떴다.

"가, 감찰 말씀이십니까?"

석동출이 고개를 끄덕였다.

"제 생각입니다만, 감찰은 저희 배 형사님을 표적으로 삼은 것 같더군요."

"……"

석동출의 이야기를 듣는 강하윤의 표정이 복잡했다.

아직 신출내기에 불과한 그녀였지만, 조직이 감찰을 받는다는 것이 무엇을 의미하는지 정도는 알고 있었다.

그것도 '배성준 형사를 표적으로 삼은 것 같다'는 석동출의 견해는 강하윤으로 하여금 그 앞에서 어떤 표정을 지어야 할지 모르겠단 생각을 하게 했다.

강하윤은 묵묵히 커피를 한 모금 마신 뒤 잔을 내려놓았다.

"……그건 저를 이 자리에 부른 것과 무관하지 않은 이야기입니까?"

석동출은 잠시 망설이다가 고개를 끄덕였다.

"그렇습니다."

강하윤은 석동출을 물끄러미 바라보다가 입을 뗐다.

"방금 전 감찰이 배 형사님을 표적으로 삼은 것 같다고 말씀하셨는데, 혹시 저희 정 형사님께서 하시는 일도 그것과 무관하지 않은 이야기인가요?"

석동출은 강하윤의 말에 멈칫하더니 고개를 저었다.

"……모르겠습니다."

"……."

"하지만 저희 팀에 가해진 감찰은 오늘 있었던 조직 개편과 무관하지 않다고 생각합니다."

강하윤은 거리를 두듯 의자 등받이에 등을 기댔다.

"……하지만 그건 석 형사님의 개인적인 견해가 아닌가요?"

"······."

강하윤은 스스로도 받아친 말이 다소 무례했다고 여겼는지, 어조를 누그러트려 재차 말을 이었다.

"더군다나 그 일에 제가 어떤 도움을 드릴 수 있을지도 모르겠고요. 저로선 석 형사님 견해를 조금 더 들어 봐야 할 것 같은데요."

"물론입니다."

석동출은 커피를 한 모금 마셨다가 말을 이었다.

"현재 광수대 내부 분위기가 어떻다는 건 강 형사님도 잘 알고 계시리라 봅니다."

"······."

"청장님이 야심차게 발족한 광수대는 수사 대상이던 박상대의 갑작스러운 죽음으로 여론의 뭇매를 맞고 있죠. 기소 대상이 사라진 지금, 신기루만 좇다 보니 수사 자체도 흐지부지된 상황입니다."

석동출의 말은 강하윤도 줄곧 생각해 오던 바였다.

박상대의 사후, 광수대는 목표를 잃고 망망대해를 표류 중이었다.

석동출이 말을 이었다.

"이 상황에 수사 지휘권을 가진 김보성 검사는 광수대를 통해 실적을 보여야 한단 압박에 시달리고 있죠. 현시점에선 박상대 비리 의혹의 유력한 용의자로 조광의 구봉팔을 조사 중이긴 하지만, 예전에 구봉팔을 대질해 본 저로선 그가 조성광 회장 직속의 숨은 실세란 생각은 들지 않더군요."

석동출은 Y구 인근 야산에서 박길태의 시체가 발견되었을 당시, 부지 법인의 소유주인 구봉팔과 대면했던 때를 떠올렸다.

조사는 형식적인 선에서 마무리되었다.

그에겐 당시 명확한 알리바이가 있었고, 그가 가진 신용카드로 현장과 멀리 떨어진 곳에서 결제한 내역도 있었다.

그래서 내부에선 구봉팔에게 사건 혐의 없음으로 종결시켰으나, 그는 생뚱맞게도 박상대와 관련한 비자금 의혹으로 재소환되었다.

구봉팔이 세간에 조광의 숨은 실력자로 알려진 것은 그즈음이었다.

하나, 조광을 제법 오래 전담해 온 석동출 입장에선 핵심 인사로 갑작스레 부상한 구봉팔의 존재가 조광 그룹의 실권을 장악하고 있는 조설훈의 꼬리 자르기 용도로밖에 비치질 않았다.

"구봉팔은 어디까지나 조광이 세운 허수아비에 불과하다고 봅니다. 규모는 다르지만, 그는 이 일에 권한은 없이 책임만 덮어쓸 바지사장이라고도 볼 수 있겠죠. 또, 여기서 주안점은 다시 조광 그룹입니다."

그리고 두 사건 사이의 기묘한 접점은 이번에도 역시나 조광이었다.

한강 변사체와 박길태 피살, 두 사건은 광수대가 수사 중인 사안이었으나, 이는 어디까지나 편의상 조광이라는 카테고리에 묶어 둔 일에 불과했다.

외부에서 보기에 두 사건은 '우연히' 조광 그룹이라는 교집합을 이루고 있을 뿐, 박상대와 조광 사이에 이루어진 정경유착과 박길태란 삼류 건달의 죽음은 사안의 관심도도 중대함도 궤가 달랐던 것이다.

하지만 박상대가 죽었단 건 차치하고, 수사 방침이 정순애 살해 용의에서 정경 유착 범죄를 향해 구렁이 담 넘듯 넘어간 건 석동출의 생각에 퍽 부자연스러운 일이었다.

그래서일까, 이걸 형사의 직감 운운하긴 어려울지도 모르겠지만 박상대의 죽음과 박길태의 죽음은 왠지 모르게 아주 무관하지 않으리란 것이 최근 석동출의 생각이었다.

그걸 캐내기 위해선 구봉팔이란 허깨비를 치우고 조광이라는 실체를 향해야 한다.

물론 박상대는 그 실체와 연루되어 있을 것이며, 여기서부턴 구봉팔이란 방패 뒤에 숨은 실세를 끄집어낼 필요가 있었다.

그러려면 갑작스러운 죽음으로 흐지부지되고 만 박상대를 다시 조사하는 것이 선결 과제였다.

마침, 운이 좋게도 그 일을 조사할 명분이 생겼다.

박강선에게 변호사가 붙기 전에도 이미 강하윤에게 협조를 부탁할 생각이었는데, 이제는 하늘이 자신을 돕는구나 싶을 지경으로.

석동출은 한강 변사체 사건과 박길태 피살 두 사건 모두에 걸쳐 있으며 관할 부서 정치 역학에서 자유로운 강하윤이라면 응당 도움을 줄 수 있으리라 판단하고 있었다.

"저는 이 시점에, 아니, 이런 시점이니만큼 박상대를 다시 조사해야 한다고 생각합니다. 박상대와 조광이 서로의 약점을 쥐고 있었던 사이임은 분명합니다. 조광은 어쩌면 박상대를 제거하려고 생각했을지도 모르죠."

"……박상대 씨는 조광 그룹과 무관한 택시 기사에게 강도 살해당했다는 것으로 수사가 종결되었을 텐데요?"

"그건 조광 입장에 찾아온 행운일 뿐입니다."

"……."

"당시 박상대를 생각해 보십시오. 그는 돈과 여권이 든 가방을 들고 호텔을 나와 어디론가 향하는 중이었습니다. 물론 택시 기사에게 강도를 당하려 두문불출하던 호텔을 나선 것은 아닐 테죠. 주목해야 할 건 그가 택시를 타고 향했던 목적지입니다."

석동출의 말을 들으며 강하윤은 자연스레 바 '실낙원'을 떠올렸다.

"박상대가 향한 곳. 그리고 거기서 만나기로 한 사람. 우리는 이때 박상대의 죽음으로 인해 초점을 잃고 택시 기사의 강도 살해에만 주안점을 두었습니다. 그 바람에 귀중한 단서를 놓치고 말았고요."

"……하지만 주변에서는 의미 있는 단서를 찾을 수 없었어요."

"만일 만나기로 했던 인물이 강 형사님의 방문 전에 자리를 피했다면요?"

그 말에 강하윤은 저도 모르게 인상을 살짝 찡그렸다.

만일 박상대와 만나기로 한 인물이 사전에 경찰의 방문을 알고 자리를 피했다면, 정황상 그들이 현장을 벗어나 추가 조사를 시작했다는 걸 알아챈 경위는…….

"……석 형사님 말씀은 광수대 내부에서 정보가 샜다는 말씀인가요?"

강하윤의 말에 석동출은 쓴웃음을 지었다.

"그런 가능성도 염두에 두고 있습니다."

"……억측이 심하시군요."

광수대 내부에 조광과 내통하는 인물이 있다는 가능성을 떠올린 것만으로도 강하윤은 불쾌감을 참기 어려웠다.

"설마, 저희 정 형사님을 의심하는 건 아니시겠죠? 제가 장담하건대……."

"아뇨, 그런 말씀을 드리고자 함이 아닙니다. 그럴 리가요."

석동출은 얼른 끼어들어 불필요한 오해가 없게끔 말을 이었다.

"오히려 좀 더 윗선의 개입이 있지 않았겠는가, 하는 것이 제 생각입니다."

"윗선이라니요?"

"……."

"혹시 김보성 검사님을 생각하고 계신 건가요?"

"고려는 하고 있습니다."

"……."

"박상대는 최갑철 의원의 예비 사위였죠. 그리고 여종범 검찰총장은 최근 최갑철 의원과 자리를 함께하고 있었습니다. 검찰총장의 은퇴가 머지않은 데다가 여당의 유력 인사와 어울려 다니는 그 행적을 고려한다면, 박상대의 치부가 드러나지 않길 바라는 윗선에서 검찰에 압력을 가한 것이라고 생각할 수 있지 않겠습니까? 이번 인선 변경은 그 과정에서 수사의 핵심 사안에 접근할 여지를 미리 차단한 것일 수도 있단 것이 제 생각입니다. 조광의 비리가 드러날수록 가슴을 졸이게 마련인 사람들이 있는 이상은요. 여기서……."

강하윤은 더 들어 주고 싶지 않았다.

'망상도 정도가 있지!'

그러니까 정리하면, 석동출은 광수대의 수사 지휘권을 가진 김보성 검사가 이 일을 종결시키면서 경찰에 과오를 떠넘기려 한단 소리였다.

강하윤은 그냥 이대로 자리를 박차고 일어서고 싶은 마음이 굴뚝같았지만.

'그래도 석동출 형사가 제시한 몇 가지 가설은 어느 정도 생각해 볼 만은 해.'

강하윤 역시도 박상대가 죽기 전 향한 목적지며 그가 마지막으로 통화한 상대에 대해선 의구심이 많았다.

'당시엔 해외 도피를 꾀하는 거란 내부 의견이 있었지만…… 거긴 바다도 공항도 아니었고.'

그때 왠지 모르게, Y서 강력반에 들이닥친 감찰이며 이번 조직 개편을 떠올렸고, 뒤이어 조광과 내통하며 정보를 제공한 건 배성준 형사는 아니었을까, 하는 생각을 떠올렸다가 흠칫 놀라며 마음을 다잡았다.

'설마?'

만약 방금 전 '도중에 정보가 샜다'는 석동출의 말을 전제로 삼고 생각한다면.

'……오히려 상황은 배성준 형사가 조광과 내통하고 있었을지 모른단 것을 전제로 삼고 있어.'

그래서 정진건과 김보성이 내통자로 배성준을 염두에 두고 있는 것이라면.

오늘 있었던 개편이며 감찰, 자신에게 행선을 알리지 않고 움직이는 정진건의 행동까지 모두 이해되는 일이었다.

배성준 역시 혐의를 피하기 어려웠음에도 불구하고, 석동출은 해당 가능성에 대해선 추호도 생각하고 있지 않았다.

그건 자신 역시도 정진건이 내통자일지 모른단 생각은 추호도 하지 않은 것과 마찬가지일 것이다.

석동출의 논리가 어그러지고 음모론에 가까운 과대망상으로 발전한 건, 퍼즐의 핵심을 외면한 채 사고를 이어 가고 있기 때문이리라.

강하윤이 망설이는 사이 석동출이 조심스럽게 말을 이었다.

"기브 앤 테이크를 들먹일 생각은 없습니다만, 강 형사님께서 박강선의 유산 상속 건을 처리하면서 저를 도와주셨으면 합니다."

"……."

강하윤은 고민 끝에 대답했다.

"처음 뵙겠습니다, 양상춘 박사님. 김보성입니다."

양상춘은 김보성을 물끄러미 쳐다보며 악수를 받았다.

"예, 말씀은 많이 들었습니다."

곁에 선 정진건은 자신의 소견서를 채택하지 않은 김보성을 고깝게 생각하고 있는 양상춘이 무어라 시비를 걸지나 않을까 조마조마했지만, 다행히(?) 김보성이 먼저 치고 나왔다.

"박사님께서 내 주신 소견서, 아주 흥미롭더군요."

"……그렇습니까?"

"예. 아무래도 사안이 사안이다 보니 접근이 조심스러워서 공식적으로 채택할 수는 없었습니다만, 이 점은 모쪼록 양해 부탁드립니다."

"……."

양상춘이 피식 웃었다.

"제 소견서를 소설로 읽으신 건 아닌 것 같아서 다행입니다."

저 녀석이 결국.

정진건은 손바닥으로 얼굴을 쓸었지만 김보성은 아랑곳하지 않았다.

"법에선 목격자의 증언이 우선이니까요. 무죄 추정의 원칙이란 것이 있다 보니 목격자의 위증을 입증하려면 좀 더 까다로운 기준이 필요했습니다."

"이를테면 현장에 있었던 제3자를 좀 더 명확하게 특정할 필요가 있었단 말씀입니까?"

"그런 셈이죠. 덕분에 지금은 박사님이 써 주신 소견서에 걸맞은 용의자를 확보할 수 있었습니다."

김보성이 이렇게까지 굽히며 치켜세워 주니 권력 따윈 개밥그릇으로도 안 쓸 양상춘도 퍽 관대해졌다.

"말씀을 들으니 새로운 증거가 나온 모양이군요."

김보성은 사무실 문이 제대로 닫혀 있는 것을 확인한 뒤 고개를 끄덕였다.

"일단 앉으시죠. 변변치는 않습니다만, 커피 드시겠습니까?"

"그러죠."

오기 전에 이미 커피를 걸쭉하게 타서 한 잔 마셨음에도 양상춘은 세간에 떠도는 '카페인 과다 복용의 위험성'엔 신경도 쓰지 않는 눈치였다.

그건 카페인의 해로움에 대해 전문가로서 다른 견해가 있거나, 본인의 건강 상태엔 신경 쓰지 않는 무신경함이거나, 둘 다이거나 한 듯했다.

"정진건 형사님도요?"

생각과는 달리 정진건은 혼자만 안 마실 수도 없는 분위기여서 마지못해 고개를 끄덕였다.

"도와드리겠습니다."

김보성이 사무실에 비치된 포트에 물을 올리며 입을 뗐다.

"원래는 좀 더 제대로 된 자리에 모시고 싶었습니다만, 오늘 인선 변경이 있어서 조금 어수선합니다. 이해해 주십시오."

"이제 박길태 피살 사건을 수사하기로 하신 것과 관계있는 내용입니까?"

양상춘의 제법 노골적인 말에 김보성은 슬쩍 입꼬리를 올렸다.

김보성은 자신의 눈치를 보지 않고 직언을 툭툭 뱉은 양상춘의 화법이 마음에 든 눈치였다.

"수사 자체는 계속 이어 오고 있었습니다만, 얼마 전에 귀중한 제보가 들어왔습니다."

딸각.

미리 물을 한 차례 끓여 두었는지 포트가 꺼졌고, 김보성은 정진건이 준비한 종이컵 세 개에 물을 부어 자리로 돌아왔다.

양상춘은 '내 취향보단 물이 많다'고 생각하면서도 커피를 한 모금 홀짝였다.

김보성은 자리 앞에 종이컵을 둔 채 입을 뗐다.

"박사님께는 미치지 못하겠지만, 최근 수사 상황과 제가 생각한 바를 말씀드리겠습니다."

받아치는 걸 보니 김보성 검사도 은근히 뒤끝이 있군.

정진건은 그렇게 생각하면서 커피를 홀짝였다.

다음 권으로 이어집니다

이윤규 대체역사 소설

# 개혁군주

조선의 황혼기를 전성기로 바꿀
전후무후한 개혁 군주가 나타났다!

교통사고를 당하고
건륭 60년의 어린 순조로 깨어난
대통령 후보 공보

6년 뒤 정조의 사망과 함께 시작된 세도정치로 인해
조선이 서서히 몰락한다는 사실을 깨달은 그는
정조를 설득해 나라를 개혁하기로 결심하는데……

정조의 건강부터 동아시아 세력 개편까지
뜯어고칠 것은 많지만, 시간은 단 6년뿐!

예정된 파멸을 뛰어넘기 위해서는
모든 것을 뒤엎어야 한다!
조선을 미래로 이끌기 위한 분투가 펼쳐진다!

# 변호사 윤진한

이해날 현대 판타지 장편소설

『어게인 마이 라이프』의 작가 이해날,
당신의 즐거움을 보장할
초특급 신작으로 돌아왔다!

아버지의 복수를 위해
악랄한 변호사가 되었으나 대기업에 처리당한 윤진한
로펌 입사 전으로 회귀하다!

죽음 끝에서 천재적인 두뇌를 얻은 그는
대기업의 후계자 경쟁을 이용해
원수들의 흔적마저 지우기로 결심하는데……

악마 같은 변호사가 그려 내는
두 번의 인생에 걸친 원수 파멸극!

# 만렙닥터

### 13월생 현대 판타지 장편소설

# 리턴즈

인생 2회 차 경력직 신입
칼솜씨도, 인성도 '만렙'인 의사가 돌아왔다!

만성 인력난에 시달리는 흉부외과에 들어온 인턴
메스도 잡아 본 적 없는 주제에
죽을 생명을 여럿 살려 내기 시작한다?

*"이 새끼, 꼴통 맞네."*
*"죄송합니다."*
*"잘했어!"*
*"네?"*

출세만을 좇으며 살았던 전생
이렇게 된 이상 인생도 재수술 한번 가자!

무데뽀(?) 정신으로 무장한 회귀 의사
이제부터 모든 상황은 내가 집도한다!

南魔宮鬼帝 남궁마제

문운도 신무협 장편소설

회귀한 뇌왕, 가족을 지키기 위해
정파의 중심에서 제대로 흑화하다!

세상을 뒤집으려는 귀천성에 맞서 싸우다
가족을 모두 잃고 제물로 바쳐진 뇌왕 남궁진화
마지막 순간 원수의 뒤통수를 치고 죽으려 했으나
제물을 바치는 진법이 뒤틀리며 과거로 회귀하다!?

남궁세가의 양자가 된 어린 시절로 돌아온 후
귀천성이 노리는 자신의 체질을 연구하다 기연을 얻고
회귀 전과 다른 엄청난 미모와 함께
뇌진의 비밀마저 알아내 경지를 뛰어넘는데……

가족들에게는 꽃처럼 사랑스러운 막내지만
적이라면 일단 패고 보는 패악질의 끝판왕!
귀천성 패러잡기에 나서다!